Além do Rio dos Sinos

MENALTON BRAFF

Além do Rio dos Sinos

Romance

Primeira reimpressão

REFORMATÓRIO

Editor
Marcelo Nocelli

Revisão
Roseli Braff
Marcelo Nocelli

Imagem de capa
Bobbushphoto/iStockphoto

Design e editoração eletrônica
Negrito Produção Editorial

Dados Internacionais de Catalogação na Publicação (CIP)
Bibliotecária Juliana Farias Motta (CRB 7-5880)

Braff, Menalton,1938-
Além do rio dos sinos: romance / Menalton Braff. – 1.ed. – . São Paulo: Reformatório, 2020.
280 p.; 14 x 21 cm.

ISBN 978-85-66887-69-3

1. Romance brasileiro. I. Título: romance.
B812a CDD B869.3

Índice para catálogo sistemático:
1. Romance brasileiro

EDITORA REFORMATÓRIO
www.reformatorio.com.br

Para a Roseli, por tanto amor.

Para o Marcelo, pela amizade.

O VENTO, de repente, dá uma rabanada na mudança de direção, e a mulher tem de enxugar com a palma da mão os respingos do rosto. O marido, ocupado na condução dos bois de volta ao meio da estrada, olha de viés para Florinda e supõe que ela esteja mais uma vez chorando. A mulher intui a irritação do marido, seu rosto duro, pois sente-se ele provavelmente acusado pelo que considera as lágrimas da esposa. A decisão de vir morar no alto do morro do Caipora tinha sido tomada depois de muita briga, muito choro, diversas ameaças. Fora uma decisão arrancada com alguma violência. Que outra solução, hein? Houve momentos em que os berros de Florinda diziam que ela preferia morrer a se mudar para aquela beirada de inferno, apenas suposto e às vezes descrito por Nicanor, nunca, porém, imaginado tão feio como agora podia ver.

E ele, com voz muito áspera:

– Tu vai começar tudo de novo?!

Primeira parte

Difícil reconhecer na cara triste do dia o ponto, o tanto, o quanto dele resta. Por causa do chuvisqueiro em que haviam penetrado manhã a meio e que parece ainda agora a dissolução do céu que, renitente, se asperge sobre a terra. Principalmente por cima dos morros em cujos cumes jazem as nuvens. Morros montanhas, escuros, tenebrosos.

Uma pata larga resvala coisa de oitenta centímetros: sulco longo, o mundo marcado. O boi brasino, sem outro nome além do pelo, se ajoelha e arrasta uma braça o hosco seu companheiro, que, pescoço torto a ponto de um gemido, se firma nas quatro patas cravadas no barro e bufa querendo saber, aquele peso, a carreta chacoalha e um dos meninos resmunga. É a hora que Florinda desce os olhos pela vertente do morro mais próximo e examina o interior escuro da carreta. Só olha e pouco vê debaixo da tolda. O chuvisqueiro arranca brilhos escuros das folhas das árvores mais próximas e molha aquelas encostas por onde se vai ao céu. O chuvisqueiro.

Ao virar a cabeça outra vez para a frente, para o mais claro, e encarar a tamanha altura, sente medo de que o alto cume se despenhe por cima da carreta, e reage subitamente encolhendo-se um pouco e mantendo os músculos retesados. O medo. É com raiva que volta a olhar para o alto. Com toda sua raiva. Olha com sentimento de desafio. Então vê uma testa enrugada, as sobrancelhas erguidas, a carantonha aterradora do morro. Uma coisa grandiosa a espreita e ameaça. Desvia os olhos para a estrada a sua frente, as mãos suadas. A antipatia nascida das palavras de Nicanor agora cresce ilimitada com a visão aguada dos morros.

Há muito tinham deixado o Angico para trás, encolhido pelo chuvisco. Debaixo. Percorreram os três quilômetros de casas esparsas na beira da estrada sem uma única palavra. Foi aqui, ela pensou. O passado chegando em forma de notícia. Expulsos da roça pelo chuvisqueiro, homens debaixo de seus chapéus vêm à porta das bodegas com os cálices na mão para se interrogarem sobre uma carreta toldada, quem é que é?, quem é que pode ser?

O VELHO pai amanheceu duro moribundo sobre o catre frio e foi deitar a sete palmos de profundidade no dia seguinte, depois de descer o morro para a várzea, numa padiola, e atravessar o rio, mas não teve cova ao lado da igreja, que não frequentava. O cemitério dos outros, como se dizia em Pedra Azul, ficava lá para os fundos, estradinha estreita, de terra, até o sopé do morro. Poucas mãos para as alças: o acompanhamento. Lá foi ele e era a metade da família. Os dois restantes, remanescentes de um desbravamento. Nicanor, como família, agora, era só uma metade, entidade incompleta.

Os primeiros dias de solidão naquela chapada onde morava foram de marasmo total. Nicanor não conseguia pensar no futuro, seu destino, pois suas ideias se embaralhavam no eco da voz mansa, grave e pausada do pai, que tudo decidia sem consultar ninguém depois da morte da esposa. Tampouco se orientava no presente. Com dezessete anos, o órfão perdeu os remos do barco numa lagoa cujas margens não avistava.

De manhã, levantava-se, abria a porta e a janela da cozinha, espiava o céu, ali bem perto, um pouco acima da chapada, respirava fundo e descia para o quintal de onde recolhia gravetos para acender o fogo no fogão. As galinhas já andavam beliscando o chão, atrás de comida, e o cachorro vinha abanando o rabo, num cumprimento quase satisfeito. Eram os habitantes do entorno da casa.

O pó de café tinha acabado, por isso fazia uma infusão de folhas de laranjeira, que misturava com leite, infusão com que adoçava a boca e esquentava o peito. O pão também tinha acabado e Nicanor fervia numa panela preta de ferro alguns punhados de fubá com duas colheres de sal. Ações mecânicas, pouco mais que instintivas, vistas praticadas pela mãe, primeiro, depois pelo pai, e vistas só com os olhos, numa percepção superficial da realidade, sem nenhuma atenção: não precisava daquilo.

Assim se alimentava.

Foi um tempo em que se encolheu, pensando que teria de morrer.

Mas os primeiros dias passaram. Espremido pelas necessidades e indeciso quanto à proximidade da morte, Nicanor começou a retomar atividades costumeiras do tempo em que vivia com o pai. A vaquinha e seu bezerro precisavam de água, de pasto, as galinhas esparramavam ovos pelas moitas e pediam milho, o mato tentava encobrir os pés de feijão, cotias e ouriços arruinavam suas pequenas roças de milho e de aipim, uma janela emperrada em seu trilho se recusava a fechar, sua eguinha, de nome e pelo Picaça, a de pelo brilhante, precisando de água e comida, enfim, umas tantas miudezas com que ocupar-se durante o dia foram aos poucos sendo retomadas. Num mundo, contudo, em que não havia amanhã muito menos depois de amanhã, num mundo descolorido em que seus movimentos pouco passavam de inerciais e executados sem o menor prazer, era assim que pegava a vida novamente em suas mãos. O mundo cinza encoberto pela mata verde.

Decidir, contudo, muitas vezes lhe pesava, pois não fora treinado para isso. Um dia lhe disseram na várzea que era preciso fazer o inventário da propriedade, e ele passou dois dias pensando no assunto. Por fim, não entendeu por que um inventário poderia ter alguma utilidade, pensou na trabalheira que seria isso, e imaginou-se livre de tais contrariedades. Tratou de esquecer o inventário. Quem poderia reclamar direitos sobre aquela encosta sul do morro, agreste, e inútil em sua opinião?

Nicanor não atingira a idade nem a ideia de proprietário, não transformava ainda os seres a sua volta em seres de sua posse. Na metade da primavera completou dezoito anos sem perceber o que acontecia. Já fora dispensado do serviço militar. Chegou o verão e Nicanor sentiu calor, nada mais. Só teve noção de que já estava em janeiro quando à noite ouviu a uma distância muito grande, como se viessem das nuvens, da barriga do céu, as cantorias dos ternos de reis, que desciam pelas brenhas e subiam pelas encostas cobertas de mato. Ficou, então, à janela da sala, ouvindo os cantadores até bem tarde da noite. Foi quando sentiu saudade sem saber do quê, uma saudade que deixou seu coração do tamanho de um caroço de pêssego. Desde a morte do pai, havia quase um ano, não tinha mais chorado. Mas os olhos mergulhados na escuridão do mato e os ouvidos concentrados naquelas músicas, ele não resistiu e teve de secar algumas lágrimas que lhe desciam pelo rosto.

Então veio o outono e sozinho teve de dar conta do serviço em que até o ano anterior tinha sido apenas um ajudante.

Sua eguinha tinha acabado de crescer, a Picaça, bela e cheia de faceirice, com muito garbo na andadura, seu pescoço em arco; o bezerro estava desmamado, e não havia mais leite em sua dieta. Talvez fosse o caso de vendê-lo. O difícil era decidir. Estava tão enterrado nas questões práticas comuns do dia a dia, as mãos tão lambuzadas do momento que para outras questões não havia espaço em sua mente.

Em uma manhã, o outono descambando para o inverno, Nicanor desceu à várzea e atravessou o rio porque precisava cortar o cabelo. Na frente do passo, ao escalar a rampa do lado de lá, erguia-se a igreja com sua torre soberba. A seu lado jazia o cemitério que, por questões de fidelidade a uma tradição religiosa, não aceitara seu pai e os demais membros de sua família, que estavam repousando de tantas subidas e descidas do morro bem para os fundos, o cemitério dos outros, para onde se ia por uma estradinha de terra, estreita como deve ser estreito o caminho que leva para o fim. Um pequeno campo, poucas braças de largura, no correr da estrada, separava o cemitério religioso do armazém do Velho Neco. Quinhentos metros adiante o barbeiro, Ataíde, que vinha à sala da barbearia quando convocado por um sino colocado perto da porta de entrada. Ele vinha da roça, onde sempre tinha o que fazer. Ou da cozinha, onde preparava suas refeições. Ou do quarto, onde costumava descansar. Ele vinha. Sentia-se pelo menos encantado com as badaladas do pequeno sino, um som alegre que provocava um eco doce no paredão de rocha que ficava por trás de sua casa.

Nicanor sacudiu o badalo com energia e viu o vulto correndo ao atravessar do galinheiro para dentro de casa. Ao ver quem badalava, Ataíde empregou o mais sedutor sorriso de seu vasto repertório. Ora, ora, quanto tempo! O tom de sua voz imitava o som produzido pelo bronze. O cabelo do rapaz dizia que era muito tempo.

Alto, cabelo em desordem e reluzente de brilhantina, um belo rosto masculino com uns olhos que pediam perdão e uns gestos delicados, como achava que convinha à sua profissão. Não era um homem da roça, de pés com calcanhares rachados e mãos grossas de calos amarelos. Era um homem com delicadezas urbanas e invariavelmente perfumado. Dava gosto passar por perto dele.

Mal começava o corte, perguntou a Nicanor se gostava de meninas. A pergunta era acompanhada por um sorriso meloso, cheio de malícia. E antes de ouvir uma resposta, seus dedos acariciaram o pescoço e o rosto do rapaz. Sim, mas gostar de ter uma na cama? Perguntou com voz de segredo, ciciada, os lábios muito perto dos ouvidos destinatários. O sangue do cliente explodiu em seu rosto, pois percebeu a intenção oculta da pergunta. Que não, nunca tivera uma experiência do tipo. A mão do barbeiro quis ajeitar o pano que protegia o jovem, por isso teve de passear por seu peito fazendo alguma pressão. E aquele perfume ali muito perto, e um rosto quase encostado ao seu, a respiração ofegante, ruidosa, Nicanor experimentava agora uma sensação nova, violenta, com seus músculos todos tensos. O mundo começou a girar, o pênis parecia na iminência de explodir, e o rapaz começou a respirar aceleradamente.

O barbeiro já considerava Nicanor a conquista do dia quando ouviu o cumprimento de outro rapaz, um conhecido que entrava na sala. A excitação sexual não admite testemunha. E toda aquela tensão que Ataíde vinha provocando até então se desfez em poucos segundos.

Terminado o corte, e depois de colocado um espelho por trás de sua nuca para ver como tinha ficado o cabelo, Nicanor desfez o nó de um lenço, retirou o dinheiro e pagou sua conta. Uma despedida fria, uma dor aguda no saco escrotal e os movimentos inseguros para montar a Picaça.

O sol já andava pelo meio do céu, mas não era sol de ardume, o inverno vinha perto. Nicanor cobria a cabeça recém-tosquiada com seu chapéu de palha de abas largas e protetoras. Soltou a Picaça no pasto, como chamava aquelas poucas braças de capim, e ficou na cancela apreciando a égua refocilar-se no campo enquanto coçava seu lombo suado no chão, virando-se para um lado e para o outro, as canelas brancas desenhando semicírculos no ar. Um deleite para o dono.

Antes de ver já ouviu. E se retesou em prontidão, pois não era comum aparecer cavaleiro naquela estradinha em aclive bruto. O cachorro desceu de casa latindo, ao ouvir os passos de um cavalo estranho. Nicanor terminou de fechar a cancela e esperou reteso pelo aparecimento de alguém. A solidão, quando se torna estado natural, acaba criando suas reações próprias. Uma delas é esta prontidão para a defesa, o corpo, por qualquer alteração no ambiente, engatilhado para o ataque, os sentidos aguçados à espera de qualquer modificação no ambiente para denunciá-la.

O que primeiro reconheceu foi a cabeça do zaino com sua estrela branca na testa. Um cavalo vistoso, de pelo brilhante, orgulho de Silvério, o empreendedor primogênito do Velho Neco. Mas ora, o que poderia estar fazendo a uma hora tão esquisita naquela altura do morro um Silvério Neco? Descontraiu os músculos e esperou que o homem o cumprimentasse de passagem. Mas para onde?

O zaino endireitou para o potreiro, e, sem esperar convite, Silvério apeou-se na frente de Nicanor e sob a desconfiança do cachorro, que obedeceu de muito má vontade à ordem para ficar quieto.

– Muito bom dia.

Nicanor quase não conseguiu responder, surpreso com a atitude do ricaço. Silvério elogiou a égua Picaça, que aos trambolhões se levantava, para exibir-se inteira aos recém-chegados. O rapaz ficou contente com a observação e por algum tempo ficaram observando os movimentos da égua.

Sem nenhuma preparação, o homem da várzea quis saber:

– Mas me diz uma coisa, tu não vai servir o exército?

O jovem explicou que tinha sido dispensado por excesso de contingente, por isso estava livre do serviço militar.

– Sorte tua – comentou Silvério –, tem muito rapaz da tua idade que pode ser mandado pra guerra. As notícias que chegam não são nada boas. O governo está organizando um corpo expedicionário.

O corpo inteiro de Nicanor ficou arrepiado e um frio se moveu dos pés à cabeça ao pensar que poderia ter de guerrear. Não tinha noção muito clara do que fosse uma guerra, mas imaginava que fosse uma coisa terrível, com monstros, armas de formas e efeitos desconhecidos, forças contra as quais era impossível lutar com esperança de sair vivo. Guerra. Só o som do nome era suficiente para que lhe faltasse o ar.

O zaino escarvava o chão com as patas dianteiras, indócil, inconformado com aquela pausa. Silvério deu um puxão na rédea e mandou que ficasse quieto. O cavalo parece que entendeu a ordem: aquietou-se.

– Pois é, mas eu vim até aqui foi por outro motivo.

Nicanor ergueu as sobrancelhas em sinal de que tinha ficado atentamente desconfiado, retornando sua contração de defesa.

– Tenho a intenção de aumentar minha fábrica de fumo, sabe? E preciso de mais terra para plantação. Esta encosta aqui de vocês é muito própria. Tu não gostaria de morar do outro lado? Então. A gente pode se acertar.

De que gostaria, não restava dúvida. Sair daquele morro coberto de mato e pedras, naquele isolamento e morar mais perto de gente, ah, claro, era uma coisa em que não gastava muito pensamento porque não via como isso pudesse acontecer. De repente, sem nada procurar, chegava alguém demonstrando interesse por sua propriedade, parecia presente do céu.

– Me diz uma coisa, garoto, o inventário já foi providenciado? Quer dizer, já tem escritura no teu nome?

O rapaz, um pouco desenxabido, confessou que ainda não tinha providenciado, porque lhe parecia desnecessário.

– Pois então providencia, que eu ando com um pouco de pressa. Na semana que vem já faço a semeação e lá pra julho, agosto, quero fazer o replante das mudas.

Silvério ainda falou em dinheiro e era uma dinheirama para quem contava tostões, como Nicanor.

O rapaz ficou ainda algum tempo olhando a descida de Silvério em seu zaino de pelo brilhante. Só quando os dois sumiram depois de uma curva foi que ele se lembrou de que estava com fome.

– Tu vai começar tudo de novo?!

Em sua voz trovejam ameaças de quem tem o futuro preso entre os dedos, senhor dos destinos. Florinda demora-se um pouco para responder. "Tudo", uma palavra tão ampla quanto vazia, ela agora vai preenchendo com as brigas do casal, sua recusa de sair aventurando-se por aí para seguir um marido, suas várias recusas, todas muito enfáticas, de se mudar para o alto de um morro apenas conhecido pelas descrições de Nicanor, imaginado como um inferno rente ao céu pela dureza das palavras com que o marido se referia ao lugar onde tinha nascido. Ela sente raiva na pergunta do marido e lhe devolve em ressentimento, além de uma vontade imensa de agredi-lo, sua resposta. Começar o quê? A sensação de estar sendo arrastada por esta mão bruta pelo barro da estrada lodosa sem qualquer possibilidade de retorno, como uma praga, um castigo, com destino marcado, essa sensação, desde a morte do pai, jamais deixara de sentir. Se estava pagando por atos passados, continuaria a pagar até a última gota de vida. Para tanto estava com o coração petrificado.

– E a pior coisa é essa asnice de achar que eu estou chorando. Já chorei tudo que tinha de chorar. Deixei minhas lágrimas na terra que foi do meu pai. Agora a fonte secou.

Nunca mais tu vai ver lágrima descendo pelo meu rosto. Então não vê que foi a chuva que me molhou? Por que tanta asnice assim?

A voz de Florinda sobe como do estômago por canal apertado e áspero e não sai pela boca, mas da boca vai caindo aos pedaços.

Zuleide, acomodada sobre um pelego entre dois sacos, solta o berreiro da fome e a mãe, muito brusca, abandona o banco e engatinha por cima de objetos e filhos até a criança. Ainda bem, pensa a mãe enquanto descobre o peito. Ainda bem, porque Nicanor dava sinais de querer continuar a discussão.

A boquinha aberta, a cabeça agitada, não há necessidade de luz para que a menina encontre o mamilo para sugar-lhe a seiva. Percebendo a proximidade da mãe, Breno, o filho de seis anos com voz chorosa, se queixa de fome. Espera tua vez, meu filho. Não posso fazer tudo ao mesmo tempo. O embalo de ritmo irregular da carreta prossegue e o menino dá a impressão de ter adormecido.

Da posição em que se pôs para amamentar a filha, Florinda pode atravessar com os olhos uma fresta na tolda que protege a traseira da carreta e divisa o cavalo baio que, preso pelo cabresto, segue a passo moroso o andamento dos bois. Seu lombo molhado, as orelhas murchas. Ele, esse cavalo, fez parte dos acertos de contas, somado a outras coisas, umas migalhas, e algum dinheiro. Pouco dinheiro. Um velhaco ganancioso, aquele seu irmão. Que sua vida seja para sempre um inferno. A mãe se esforça por não se irritar ainda mais com aquilo, pois leite de mãe irritada causa dor de barriga na criança. Não é assim? Prefere olhar para cima, procurando furos na lona da tolda. Mas depois de descobrir uns dois ou três sem tamanho que preocupe, ela se cansa e se volta para a filha, que parece insaciável.

Por fim, vencida pela impaciência, e com voz abafada que mal chega aos ouvidos de Nicanor:

– Ainda falta muito, Nicanor? As crianças não aguentam mais.

O Sol, espremido entre as árvores, mostrou que seria um dia frio, mas encharcado de claridade até onde a visão alcançasse, Nicanor encilhou sua Picaça e pinchou seus dezoito anos para cima da égua. Por precaução, deixou à soga a vaquinha e seu bezerro já desmamado em um capinzal bravo e alto perto da pequena lagoa alimentada pela sanga que descia cantando para o rio dos Sinos, lá embaixo na várzea, onde havia moradores, dos dois lados. O cachorro e as galinhas, assim como a cabra e os dois porcos, eram seres semoventes que sabiam cuidar-se sozinhos: onde comer, onde beber e onde dormir. E de mais não careciam.

Atravessando o rio foi que o rapaz teve o susto. A égua apalpava o fundo do rio, devagar, parecendo não ter disposição para prosseguir. Mudava as patas com cuidado: pernas trêmulas. A cabeça baixa, o focinho perto da água, e bufava com barulho, talvez medo, os olhos esbugalhados. Movia uma perna e então parava. Com os calcanhares Nicanor sugeria que ela continuasse. Que parvoíce a sua, exigir que os cascos moles da égua desafiassem o fundo pedregoso do rio. Ela poderia ter saído machucada. Mas saiu na rampa oposta sem sangrar ou mancar. Por pura sorte, ele pensou, ao mesmo tempo em que resolveu parar no ferreiro, seu Donato, que até compadre de seu falecido pai tinha sido e ficava a coisa de um quilômetro no sentido contrário ao que deveria tomar. Geralmente fraco em decisões, acabava pressionado pelas circunstâncias, que lhe exigiam alguma atitude. Ele era assim. Em frente à igreja, tirou da cabeça o chapéu de feltro dos dias de festa, como tinha sido ensinado. Não que atinasse com as razões do gesto, isso não, que em sua casa assuntos sagrados nunca tinham entrado, mas era uma coisa que sempre vira os outros fazerem e nunca achara aquilo errado. Se era um cumprimento, ele cumpria.

Porta e janelas fechadas, o dia clareando sobre a casa ainda encolhida, um fiapo azul de fumaça subindo para o céu até se desmanchar. Nicanor enrolou a rédea da montaria num mourão na frente da ferraria e sentou sobre um cepo à guisa de cadeira ao lado da porta. É cedo, concluiu um tanto desanimado. A família deve estar à mesa, então ouviu o barulho da tranca sendo removida e as duas folhas altas e largas da porta se abrindo.

– Ué, por aqui tão cedo?!

Nicanor pediu a bênção e explicou a causa de sua pressa, a distância que ainda teria de percorrer com as patas sem ferradura de sua égua. Enquanto explicava, o ferreiro foi acendendo os carvões da forja. Acionou o fole de leve umas poucas vezes para se garantir de que o brasido estava bem vivo, então pediu que o rapaz trouxesse até ali dentro seu animal. De um mostruário, depois de examinar as patas da égua, retirou uma ferradura que lhe pareceu adequada. Levantou uma das patas da Picaça. Um tantinho só maior. Pegou um número acima e voltou a medir. Perfeito, ele disse.

Tomando uma estreita barra de ferro na medida adequada, dela cortou quatro pedaços do mesmo tamanho e foi moldando as quatro ferraduras batendo com o martelo sobre a bigorna, manejando o fole, amolecendo o ferro em brasa, torcendo, batendo, entortando e, por fim, fez os furos para os cravos. Com o alicate, jogava as ferraduras dentro de uma bacia cheia de água para que endurecessem: a têmpera. O choque do ferro em brasa na água fazia um barulho chiado e levantava vapor. O homem, cigarro apagado na boca, trabalhava sem olhar para o lado do cliente meio afilhado seu. Mas trabalhava rápido, mais até do que Nicanor, sentado do lado de fora no mesmo cepo em que estivera esperando, poderia supor. Sua ansiedade molhava seus cabelos dentro do chapéu.

– Bonito animal –, quando o rapaz entrou com a égua.

Nicanor explicou que estava sendo preparada para ser a montaria de seu falecido pai. Estava, bem entendido.

Donato, que não trabalhava em roça e por isso se considerava uma das mentes mais avantajadas do distrito, com experiência no trato das questões mais complexas da vida, perguntou ao quase afilhado pelos documentos, se levava todos.

– E os atestados de óbito?

– Sim, quase todos. Só não levo da Tininha, que morreu com três anos de idade e ninguém foi buscar o papel no cartório. Mas foi feito e deve estar registrado lá.

Desfez o nó do lenço, retirou o dinheiro com que pagou a ferragem de sua égua, despediu-se e se pinchou para o alto da Picaça.

O Sol tinha avançado um tanto na direção do meio do céu, e Nicanor açulou a égua com os calcanhares para que não afrouxasse o trote. Levantou novamente o chapéu ao frontear com a igreja. Mais para o fundo, para perto do pé do morro, ele viu a cabeça de algumas sepulturas. Era o cemitério dos outros, os que não frequentavam a igreja, onde toda sua família estava enterrada. Primeiro de todos, pelo menos que se lembrava, a terra tinha engolido a Tininha. Não conseguia mais se lembrar da imagem da irmã. Também, ele era muito novo quando ela se foi. Lembrava-se apenas do dia em que alguém diagnosticou: é crupe. Ela tossia, não respirava o suficiente, todos em volta sem saber o que fazer, com mesinhas, panos molhados e desespero, os gemidos e aquele som rouco de ar que não passa. Quando botaram a menina na carroça, para buscar socorro no Angico, ela esticou braços e pernas e expirou. Um caixãozinho pobre, feito na serraria dos Protásio, tábua tosca, e revestido com um pano cor-de-rosa. Ele tinha ficado de longe olhando a partida da irmã, sem coragem de acompanhar o féretro. Nicanor se emocionou com a lembrança e esteve a pique de chorar. Por fim não conseguiu segurar uma lágrima que, sorrateira, resvalou por sua face.

Sua família.

De Josino se lembrava de tudo. Lembrava-se de tudo que se lembrava, o restante, o vazio, esse não era uma existência. Brincaram muito por aqueles morros. Caçando bichos de pelo e bichos de pena, fazendo cordas de embira, tirando mel de lechiguana, trepando nas árvores para colher araticum, fruta-do-conde, goiaba e jabuticaba, assustando a bicharada daqueles matos. Muitas arapucas armaram juntos pelas veredas daquele morro, principalmente nas chapadas, onde apareciam aves querendo comida. Picado por uma coral, demorou muito para chegar em casa, quando foi posto numa carreta para a descida, mas não teve tempo nem de chegar à várzea. Pobre Josino, e Nicanor arrepiou-se ao se lembrar da cobra que matou com muita raiva e um tiro. O irmão contorcia-se de dor por todo o corpo e quase não conseguia respirar. O sentimento de impotência, quando se assiste à aproximação da morte, é uma das mais terríveis angústias. E foi apenas um sentimento, que ainda não poderia ser formulado em pensamento.

Pensando em coisas passadas, não tinha percebido que a Picaça andava a passo, sacudindo a cauda, faceira, como se estivesse em passeio. Deu de calcanhar nos flancos da folgada, que voltou a seu trote ligeiro, as ferraduras provocando faíscas nas pedras que encontrava. Sua língua arrancou sons chiados do céu da boca, linguagem que a égua entendia.

A pior perda, entretanto, tinha sido da mãe. As dores terríveis, o corpo queimado por lavas de vulcão, a faixa vermelha subindo do pé para a virilha. Tudo isso depois de pisar na ponta de um prego enferrujado. Gemeu muito antes de resolverem levá-la ao hospital, na cidade. Nem chegou a ser medicada. Na padiola mesmo ela expirou. Falaram que era gangrena. Então aquele vazio na casa. Um homem de cabelos brancos e um menino de seus doze anos. Os dois, cercados de mato, sombras, pedras, ameaças e muita tristeza. Nicanor suspirou em três etapas de acordo com o trote da égua. Foi a ausência mais sentida, pois, depois de perder dois filhos, sua mãe agarrou-se àquele remanescente como se fosse a única razão para estar viva, e isso criou entre os dois uma ligação muito forte.

O pai, bom, o passamento do pai já era há bastante tempo esperado. Ele vinha definhando, se entrevando, se soltando aos poucos da vida, sem procurar remédio para seus males. Não deve ter sofrido muito, a não ser pela perda da esposa. Foi-se deixando morrer aos poucos, até o dia que parou de respirar, depois de ter passado uma semana inteira sem sair da cama.

Ia longe, no trote da Picaça, a estrada acompanhando o curso do rio dos Sinos, nem a torre da igreja via mais. E lá, no cemitério dos outros, num sopé de morro, estavam os membros de sua família. Por que eu?, ele se perguntava. Com que finalidade continuei vivo? Só eu! Um gosto amargo na boca podia significar raiva por ter permanecido o restolho de uma família, os Teixeira do alto do morro, ou júbilo e orgulho por continuar resistindo, apesar de só. Tristeza e alegria não se excluem? Em Nicanor os sentimentos sempre foram confusos e desconhecia os limites da tristeza que estavam sempre adjacentes à alegria.

A monotonia do trote, às vezes, começava a dar aquela moleza do não fazer nada, e Nicanor aproveitava algum trecho parelho de estrada para um pequeno galope, o que parecia agradar à Picaça, que sacudia a cabeça, mordia o freio, o pescoço em arco e as orelhas retesadas. Mas não fazia isso por estar atrasado e sim para passar o sono.

O atraso não foi tão grande que não pudesse chegar ao cartório do Angico bem antes do meio-dia quando começou a ser atendido. Um cartório, com armários e arquivos, com mapas na parede e um calendário de tamanho gigantesco, enfim, um cartório, e Nicanor sentiu-se intimidado, tropeçando nos assuntos, gaguejando, errando algumas palavras, mas prosseguiu até onde lhe pareceu um assunto completo, de onde se pode começar alguma coisa. O escrivão, depois de ouvir a história de Nicanor, fez uma cara de não acredito e foi para uma sala contígua, onde se demorou alguns minutos e de onde trouxe um livro com mais de dez centímetros de espessura um livro de capa dura e parda. Um livrão imenso que despejou sobre o balcão. Então vamos ver.

Algum tempo depois de algumas pesquisas:

– Volta daqui duas horas que eu vou almoçar.

Montado na Picaça e seguindo as orientações do escrivão, o rapaz procurou o armazém onde podia comer além de soltar sua égua num piquete.

Duas horas depois, Nicanor estava de volta. Tratou de ser pontual, afinal tinha sido a ordem de uma autoridade. E autoridade tem poderes invisíveis sobre os demais seres.

Finalmente, depois de conferir os documentos, o escrivão disse que estava faltando um atestado de óbito.

– Faltando o atestado de óbito de Altina da Silva Teixeira.

Nicanor explicou então que o registro do óbito estava num livro daqueles e que nunca alguém se interessou em pedir uma cópia. Então, mais um bom tempo de pesquisas porque ele sabia a data, não, a época do falecimento, mas não sabia a data do registro.

Apareceram um jovem e uma jovem com suas testemunhas e como já estivesse tudo lavrado em um livrão daqueles, foi fácil pegar as assinaturas e enlaçar os dois até que a morte os viesse separar. Quando a pesquisa sobre o falecimento da Tininha recomeçou, apareceu um casal com uma criança nos braços. Nova interrupção, e agora mais demorada, pois não havia um pedido antecipado. O pai e a mãe ainda discutiam o nome com que deveriam chamar a filha. Nicanor não tinha outra solução, senão esperar. Esfregava a bota de um pé na canela da outra perna, levantava o chapéu para enxugar os cabelos, pigarreava, mas nada disso apressava o escrivão.

A tarde já andava pelo meio, o Sol descambando lento para o ocidente, quando o movimento do cartório se viu multiplicado. Era uma sexta com muitas pessoas comprando e vendendo no comércio local, quando aproveitavam para tratar de seus assuntos no cartório porque a maioria vinha de muito longe. O escrivão chamou Nicanor à ponta do balcão e perguntou se tinha pressa do inventário. Que sim, ele disse, pois precisava ainda passar pelo registro de imóveis com a escritura.

– Volta então na segunda-feira. Vou fazer os lançamentos neste fim de semana. Mas vai ficar um pouco mais caro. Concorda?

Nem havia como discordar.

– AINDA FALTA muito, Nicanor? As crianças não aguentam mais.

As crianças, de fato, já demonstram cansaço, por causa daquela posição, não por ser incômoda, mas por não permitir quase nenhuma mobilidade devido aos cacarecos onde se encaixam. Tem vezes que a imobilidade cansa mais do que o movimento. A mãe reclama em nome dos filhos, se bem que ela também já esteja muito perto do esgotamento.

Uns dois minutos vendo as costas do marido, que nada responde, não se move, até virar para o interior da carreta, irritado, soltando rojões pela boca.

– Não adianta usar as crianças como escudo. Eu entendo isso muito bem.

Florinda recolhe o seio que a menina saciada refuga.

– Eu só estou perguntando se ainda falta muito.

– Falta, sim. A estrada está muito lisa, muito barro. Não adianta ter pressa. Não vou matar estes coitados destes bois. Eu sempre disse que era muito longe.

Ao perceber que Zuleide volta a dormir, Florinda a devolve ao berço improvisado. Um dos meninos resmunga e ela não percebe qual deles, mas se lembra de que provavelmente os três estejam também com fome. Puxa de baixo do banco onde estivera sentada uma caixa de madeira com tampa presa por tiras de couro. Mesmo com a pouca claridade, ela corta três pedaços de rapadura e os entrega a Modesto e Ernesto. O terceiro só dá ao filho depois de acordá-lo, pois Breno parece que dormia para não sentir fome.

O açúcar da rapadura desce melado pela comissura dos lábios, gruda nas mãos, passa criando alegrias pelas gargantas quase fechadas de tão secas.

O silêncio só não é total por causa do chiado do chuvisqueiro na tolda e o barulho das oito patas no barro encharcado. Florinda confere como pode a situação dos filhos espalhados por cima da mudança, olha mais uma vez através da fenda na lona para ter certeza de que o baio continua no seu passo lento atrás da carreta, então volta para o banco ao lado do marido.

Nicanor já não consegue calcular a distância que ainda falta percorrer até o morro do Caipora. No ritmo em que avançam, a estrada pura lama, as árvores entanguidas, ele tem a impressão de estar passando por ali pela primeira vez. E isso não é verdade, ele sabe muito bem. Mas a sensação de ter errado a estrada é muito forte.

Só quando passam pela frente de um armazém de paredes brancas e janelas azuis com um galpão muito alto ao lado, ele se tranquiliza. Era o que me faltava, ele ri de si mesmo, errar a estrada onde esmaguei barro tantas vezes.

– Eu até já andava com medo de ter errado o caminho.

O ANGICO, lugar em que Nicanor e Jesualdo se conheceram, era a sede de um extenso distrito, espécie de entreposto de compra e venda, com tênues instituições político-sociais. Embrião de uma cidade? Autoridades locais para resolver questões de menor importância, como um posto policial ocupado por um soldado das forças estaduais, uma espécie de subprefeitura resumida a dois fiscais e um chefe nomeado pelo prefeito do município, cuja principal função era escolher inspetores de quarteirão, que, além de questiúnculas entre litigantes, eram os responsáveis pelo estado de estradas e pontes. O chefe da subprefeitura acumulava as funções de chefe de si mesmo na coletoria do distrito, um anexo da coletoria municipal, por isso um homem muito temido. Uma autoridade, também responsável pelo cartório, onde se registravam nascimentos e mortes, casamentos, propriedades e suas transferências.

A sede do distrito tinha uma rua de três quilômetros em cima da estrada que por lá passava, com calçadas em alguns pontos de suas margens, e mais duas ruas secundárias, saída de estradas para outras regiões. Duas, três casas em cada uma delas querendo estar perto de um perímetro urbano.

Ao sair do cartório, o Sol já com seu poder real enfraquecido, Nicanor, sem saber como preencher seu tempo ocioso, lembrou-se de voltar ao armazém onde tinha almoçado. Ao lado do cartório passou pela frente de uma loja de armarinhos, que não lhe disse nada. Grudado na loja um armazém de secos e molhados, com seu cheiro em que se misturavam ervas e cereais, fumo em corda e linguiça, enfim, um cheiro em que nenhuma das fontes podia ser identificada. Um vasto terreno baldio, então um galpão muito alto. Em sua frente, uma tabuleta falando de um baile para o dia seguinte. O baile do ano, no anúncio. Animado por um regional trazido da Argentina. Não era assunto para prender sua atenção.

O armazém que procurava ficava bem adiante, quase no fim da rua, um armazém com um galpão ao lado. Do lado direito. A caminhada era um modo de perder um pouco do tempo que tinha de sobra. Em sua mente, crescia o desconforto de estar longe de casa, principalmente sem dedicar o melhor cuidado aos seres vivos que lá tinham ficado. Precisava ocupar a cabeça com outros assuntos.

Sua figura em movimento, lento, as botas meio arrastadas na calçada, os braços um tanto desasados foram facilmente reconhecidos pelo balconista que o havia atendido ao meio-dia, e que lhe perguntou se tinha conseguido resolver tudo.

– Qual nada. Preciso voltar na segunda-feira.

– Por que tu não fica aqui e aproveita o baile amanhã?

Não, dançar ele não sabia, mas com dezoito anos sem nunca ter visto um baile, como é que é, as pessoas rindo, decerto, a música animando os pares que rodavam. Difícil decidir, mas encarar a viagem de volta para casa e refazer o percurso na segunda, isso sim, parecia um sacrifício meio inútil. Então perguntou se havia acomodações para ele até segunda-feira e em quanto ficaria, já somando o uso do piquete e meio fardo de alfafa que precisava para sua Picaça.

– Bem, não é grande coisa, mas o galpão tem duas repartições com umas camas de tábuas com colchão de palha de milho e pode-se arranjar um cobertor também. Que atrás do galpão, antes do piquete, lugar para sua higiene e as necessidades fisiológicas.

Tratado o preço, combinada a hospedagem, Nicanor acompanhou o balconista até o galpão, onde conheceu aquela espécie de quarto, antigo lugar separado em que se guardavam sacos de produtos agrícolas. Foi onde guardou os arreios que estavam perto da porta dos fundos. Repartiu em duas porções o meio fardo de alfafa, foi para a porteira do piquete e chamou a Picaça, que em relincho curto e grave como um sorriso, veio a trote em sua direção, esperta como uma criança, sabendo o que a esperava.

Perto do cocho, um cavalo comia sua ração sob os olhares de seu dono, um homem jovem, pouco mais velho que Nicanor. Os dois se cumprimentaram com a mão na aba do chapéu, para em seguida passarem as vistas nos animais alheios.

O estranho se aproximou.

– Bonita, tua égua –, ele disse.

Tal tipo de elogio sempre alegrava o pedrazulense, que retribuiu as palavras. Perguntado se gostava de cavalos, explicou que um pouco, pois em sua região os campos não eram muitos nem muito extensos. Assim que, um cavalo para montaria, isso era coisa que quase toda gente possuía.

– Tua égua tá no cio. Já reparou?

Nicanor confessou que não, não tinha percebido. Olha só como ela mija, como abre as pernas traseiras. Ela cheirou o meu cavalo e arreganhou os dentes como quem está cheirando o céu. E deu outros detalhes. Que infelizmente seu cavalo era castrado, mas que em casa tinha um garanhão de muito boa qualidade. Filho daquele cavalo Flecha, do Arroio do Meio. Não sei se conhece. Para não se passar por ignorante, o rapaz mentiu que sim, claro, toda gente conhece.

Logo se vê que este aí tem seus conhecimentos de campo. Nicanor ficou quieto, acariciando o pescoço da égua.

– Negócio no Angico?

Pergunta estranha, de alguém que nunca tinha visto, querendo saber de sua vida. Ergueu as sobrancelhas meio assustado, pensando com qual finalidade poderia ter vindo a pergunta. O outro, apesar de sentado numa pedra, revelava estatura avantajada, uma cabeça grande, olhos perfurantes e escuros, com um brilho meio assassino, principalmente pelo modo de se cravar. O rapaz de Pedra Azul não resistiu encarar por muito tempo o companheiro e, desviando os olhos, tartamudeou:

– É, sim – sem muita convicção –, quer dizer, vim por papel do cartório.

Sentindo o cheiro da alfafa, e depois de acabar sua ração, o cavalo do estranho vinha aproximando-se, mas foi enxotado pelo dono, que, em seguida, estendeu a mão para cumprimentar Nicanor e se apresentou.

O rapaz disse que também sentia muito prazer, mas que não tinha entendido direito o nome do outro, que repetiu separando as quatro sílabas: Je-su-al-do. Apertaram-se as mãos mais uma vez e Nicanor repetiu meio que rindo: Jesualdo.

Agora estava mais contente, por causa daqueles modos educados. Em Pedra Azul se pensava que toda pessoa estranha é suspeita de alguma coisa. Mas ele não estava em Pedra Azul, e podia pensar que o povo de lá era muito atrasado.

O dono do tordilho, era tordilho o castrado, então contou que morava a duas horas a cavalo e que tinha vindo na sexta para fazer umas compras e para aproveitar o baile com um regional de fora. Bem, e também tinha que namorar um pouco.

– Eu vi o anúncio –, Nicanor participando do assunto.

O estranho perguntou a Nicanor se ficaria também para o baile. O rapaz sorriu e respondeu que sim, porque nunca tinha visto um baile, mas que só ia pra ver como era.

– Mas não vai aproveitar o arrasta-pé?

Que não, pois se nem sabia dançar, nunca tinha dançado.

– Bobagem, dançar se aprende dançando. É olhar bem como os outros fazem, deixar o ritmo comandar o corpo e se soltar. Muito simples.

Nicanor começou a se interessar pelo assunto, além disso, começava a simpatizar com o companheiro. Disse que sim, que talvez tentasse.

– Mas olha, tem de tomar cuidado. Como é tua primeira vez, não vai tirar moça bonita, que está arriscado a levar uma tábua. Pra aprender, procura uma das mais feias, uma que esteja tomando chá de cadeira. Essas não se negam nunca. É só ficar observando uma, duas marcas e já dá pra escolher.

O Sol começava a tocar uns morros distantes e a brisa que passou sacudindo a relva e os galhos mais finos dos arbustos vinha fria. Os dois se levantaram quase ao mesmo tempo e entraram no galpão pela porta dos fundos. Já pousei aqui muitas vezes, foi o que Nicanor ouviu de seu novo amigo. Ele contou que, apesar da distância em que morava com a família, não perdia oportunidade de visitar a sede do distrito. Negócios e namoro. A filha de um comerciante, sabe.

Diferentemente do companheiro, que abria com facilidade os arquivos de sua vida, Nicanor mostrava-se aos poucos, pouco dizia de si mesmo, sempre muito relutante sobre o que podia ou não revelar a um jovem até poucas horas completamente desconhecido.

Depois de trocarem opiniões sobre o alojamento que ocupariam, Jesualdo, exercendo os assuntos por sua qualidade de veterano, convidou Nicanor para o armazém porque, segundo ele, já estava na hora da comida. O cheiro de carne assada já atingia as narinas abertas dos rapazes.

Ocuparam a única mesa do armazém perto de uns sacos de batata e Jesualdo pediu uma cerveja. Beber cerveja pela primeira vez dava a Nicanor a convicção de que agora sim, agora já era um homem. Ele inflou o peito, imitando um galo de rinha. Já diziam bobagens sem o menor respeito e soltavam sonoras gargalhadas. Os dois estavam mutuamente afetados e contentes.

O sábado amanheceu intensamente movimentado. Jesualdo, logo depois do café, que tomaram juntos, desapareceu de cena para se plantar com os cotovelos fincados no balcão de madeira de certa loja. Nesse tempo, Nicanor foi novamente tratar de sua égua, que corcoveou de alegria ao ver a braçada de alfafa que o dono lhe trazia. Sai pra lá, o rapaz espantou o cavalo de Jesualdo. Vai comer capim!

À sua disposição tinha um tempo enorme e vazio, como usá-lo era um problema.

Sentado naquela pedra perto da porteira, ele tomava conta do banquete da Picaça, mas isso era coisa para exigir muito pouca atenção, por isso se lembrou de casa, como estariam os seres por lá? Os dois porcos e a cabra, a esta altura, já deveriam ter encontrado buraco na cerca para invadir a roça. Ou já teriam sido atacados por alguma fera, rara mas não inexistente naquela altura de morro e mato. Quanto às galinhas, viviam mais ou menos independentes, sem muita participação humana em seu quotidiano. De vez em quando aparecia uma galinha com sua ninhada no terreiro, ninguém podendo imaginar de onde vinha aquilo e como teriam sobrevivido aos ataques dos predadores.

De repente, Nicanor sentiu saudade de casa, mais ainda, arrependimento por não ter feito a viagem de duas horas. Na segunda-feira poderia sair bem cedo e chegaria a tempo ao cartório, com a égua já descansada no domingo, e os viventes seus do morro atendidos em suas necessidades mais urgentes, além da economia por não ter de gastar com cama e comida, por isso era tão difícil qualquer decisão: o medo do arrependimento.

A égua terminou de comer a alfafa, roncou, bufou, afastou a cauda para um lado e saiu a trote para os fundos do campinho. Nicanor ergueu-se e esticou os braços, alongando-se com intenção de ficar mais bem-disposto. Para tanto, lembrou-se de que estaria pela primeira vez dentro de um salão de baile, veria como era aquilo de que tanto já ouvira falar. Se tivesse voltado para casa na sexta, teria perdido a oportunidade. Os bichos da casa, não, não poderia perder aquela oportunidade. Os bichos sabiam muito bem como tomar conta de si. E um novo amigo, esse Jesualdo. Que não sabia onde estaria a uma hora daquelas. Seu arrependimento começou a perder o fôlego até empatar com a satisfação por ter ficado no Angico.

Atravessou o galpão, saiu pela porta da frente e a passos lentos foi até o armazém, não que tivesse necessidade de alguma coisa além de gastar o tempo. Cavalos e carroças passavam nos dois sentidos da estrada, as pessoas se cumprimentavam com berros e gargalhadas, muita gente a pé pela calçada, algumas carretas de boi, morosas, carregando gente endomingada.

No armazém, Nicanor ficou sabendo que o movimento era mesmo desusado para um sábado, mas em pouco tempo começavam as corridas. Se dava para ir a pé?, sim, claro, é só seguir pela estradinha que sai pela direita, perto do salão, depois de um pomar, o início de um campo plano, onde as duas raias de quilômetro e meio. A corrida principal, a que atrairia maior público, só à tarde, lá pelas três. Os melhores cavalos e as apostas mais altas.

O pedrazulense perambulou pelo meio da multidão, ora torcendo por algum cavalo, ora caminhando a esmo, sem ter o que fazer, mas entusiasmado por estar ali, num lugar com tanta gente como nunca em sua vida tinha visto. Seus olhos mergulhavam nas cores dos vestidos, nos rostos mais lindos que podiam existir, nas roupas masculinas muito boas, toda uma gente que, mesmo vindo de longe, de algumas roças, mostrava que se sentia em espaço familiar, todos muito à vontade, conversando, sorrindo, gritando na disputa dos parelheiros.

Só no almoço os amigos se encontraram. Jesualdo contou que tinha passado pela cancha de corridas e tinha feito uma aposta pequena, dinheiro jogado fora, ele comentou. Era um cavalo bonito, mas pesadão. Delgada como era a Picaça, ele provocou, cintura fina, ela que devia ser boa de corrida. E a conversa seguiu em frente sobre cavalos, então veio a sugestão: em casa, um garanhão de sangue dos melhores. Se Nicanor quisesse, no dia seguinte poderiam levar a Picaça para ser coberta pelo reprodutor de seu pai, sem custo nenhum.

Dormiriam alguma coisa depois do baile e, cedinho no domingo, pegariam a estrada. Nicanor quase engasgou com a oferta. Estava entrando num espaço de hesitação, mas lembrou-se de que na segunda-feira era preciso voltar ao cartório.

– Feito –, e apertaram-se as mãos acordados.

– Eu até já andava com medo de ter errado o caminho.

Nicanor, de repente, teve um olhar iluminado, o olhar de quem é dono de seu destino. Não por grandes conquistas, pelo contrário, pois pequenas coisas, dependendo das circunstâncias, podem transformar-se em motivo de orgulho. Nicanor conhece a venda e sabe histórias sobre a família. Aquela ali, ó. E seu queixo agudo apontou para o armazém.

– Ali pra trás, ó – e agora aponta com o braço esticado uma extensão muito grande de várzea –, tudo deles. Muita gente de Pedra Azul vinha trabalhar aqui no corte do arroz.

Sonolenta a carreta avança deixando sulcos profundos no barro mole da estrada. O chuvisqueiro hesita, dança com o vento, ameaça parar.

– Conheço essa gente, os proprietários. Essa venda que eles mantêm aí é só pra atender o povo da região porque precisar eles não precisam. Com todo dinheiro que têm. Conheço o velho e os filhos. Seu Eugênio. Juntos muitas vezes. A cavalo, em tempo bom, é um pulinho. Artigos que o Velho Neco não tinha na venda dele, eu vinha buscar aqui. Teu primeiro presente, lembra?, foi aqui que eu comprei.

Aquela familiaridade com os ricaços, que mantêm a venda só pra atender o povo da região, familiaridade sem fundamento nos fatos, é uma exigência de compensação, para Nicanor, ao perceber tão próxima a carantonha da miséria que logo, logo terá de mostrar à esposa. Pobre sim, mas relacionado com pessoas importantes. Relações de que se orgulha. Tratamento pelos nomes. A esposa não comenta, mas desconfia.

Florinda se distrai pensando na empáfia do marido. Para ele, a mulher conclui, deve ter sido um peso muito grande este retorno, pelo qual insistiu tanto, pelo qual tanto brigaram. E isso porque não encontraram outra solução. Mas ter saído de sua terra, que abandonou sem hesitar, para tornar-se um fazendeiro próspero em um distrito distante, como provavelmente espalhou por toda Pedra Azul, e agora voltar derrotado para sua encosta de morro, para o que ele chama de chapada maior, a mais alta, isso tudo deve ser uma situação exageradamente incômoda para o marido, e sua irritabilidade deve ser produto da situação. O que dizer agora a seus conhecidos? Ser pobre não é tão difícil, mas depois de ter mudado de patamar, voltar à pobreza, eis o que pode tirar a vontade de viver de uma pessoa.

Então Florinda pensa em quanta humilhação o marido carrega nas costas e sente pena de Nicanor. Resvala sua mão até encontrar a mão que ele mantém livre. Eles não se olham enquanto suas mãos se entendem ao se apertarem. O homem não sabe a razão daquele gesto, tampouco tenta supor. Mas sua irritação já está em estado de repouso.

– Logo mais começa a escurecer.

A ÚLTIMA bocada ainda descendo pelo esôfago e os dois rapazes já estavam montados exibindo na frente do galpão o escarcéu de seus animais. Duas, três pessoas apareceram na porta do armazém para apreciar o garbo das montarias, que, provocadas pelos calcanhares, corcoveavam uns corcovos curtos, vivazes, como se lhes agradasse a exibição. Então, com um movimento das rédeas, os dois foram encaminhados para a estrada, onde iniciaram um galope desabrido, que continuaria até o fim do aglomerado de casas. Como a distância que tinham para vencer era grande, sofrearam os animais e seguiram a trote largo.

Não tinha sido possível sair antes do almoço.

Ficaram no baile até umas cinco da manhã, mesmo depois de a filha do comerciante ter-se despedido, recolhendo-se com a família já perto das quatro horas. O sol, que entrava por todas as frestas do galpão, foi que acordou os amigos. Junto com o sol, entrava também o barulho de carroças e carretas de povo voltando para suas distâncias: muitos gritos misturados com algumas palavras que não se podiam entender – na confusão de sons.

Meia légua adiante, já estavam de conversação animada. Jesualdo, satisfeito com o resultado da viagem, contou como tinha sido sua noite, relatou trechos de conversas com a namorada, os assuntos e acertos. Um bom tempo, com os pais da moça. Para o próximo inverno, estavam tratados para botar aliança. O rapaz não parava de rir, com a boca aberta e os dentes à mostra, o que era um sinal de que não cabia em si. Se não tivesse um companheiro para ouvi-lo, ah, inventava algum, tanta era sua necessidade de transbordamento daquela alegria para fora.

Nicanor ouvia quieto, sacudindo a cabeça em concordância, quando era o caso, mas principalmente encantado com aquele novo amigo de palavra pronta e fácil com uma capacidade muito grande de resolver sua vida.

– Bem – começou Nicanor sua resposta –, não foi tão difícil assim. Teve uma hora que eu ia passando pela frente de umas pessoas sentadas perto da parede e só olhei para uma das moças e ela já se levantou e veio me pegando pela mão e me levando para o meio dos pares que dançavam.

Jesualdo estrondou uma gargalhada com eco nas árvores mais próximas, o mato ralo da beira da estrada. É assim mesmo, ele gritou. E Nicanor continuou ainda por algum tempo explicando como tinha sido aquela estreia, sua confissão de que nunca tinha dançado e o modo como seu par ia instruindo os passos, os modos, as mãos onde, e os pés. Que por fim, já estava dando a volta no salão. Bem, e que para feia não é que ela servia. Bem bonita até. Por sua conta, e seguindo os conselhos do amigo, não a tiraria para dançar, mas ela mesma, decerto cansada de ficar na cadeira, não tinha esperado convite.

Sim, com muitas outras. Depois de descobrir como é que a coisa funciona, foi tomando gosto e coragem, então não parou mais até o fim, quando os músicos do regional começaram a guardar seus instrumentos. Ainda bem, porque suas pernas já tremiam descontroladas. Até um princípio de cãibra.

Um pouco mais de duas horas de estrada, conversando, os dois chegaram a um ponto, logo depois de atravessar um córrego, em que Jesualdo disse, é aqui, e enveredou seu cavalo para sair da estrada real. Nicanor o acompanhou. Era um lugar de extensas claridades, o mundo aberto, um lugar muito território, sem árvores por perto, os matos de pouca elevação. Uns campos de pastagens de um lado, do outro, plantações, áreas inteiras cobertas de mandioca e aipim, outras áreas produzindo milho e feijão, os lugares, contando o que se via e era longe, porque os morros ficavam além, lá perto do mundo azul, restando por perto apenas colinas sem muita elevação, terreno ondulado. Um quarto de hora de bom trote por aquela estrada mais estreita, Jesualdo afirmou meio arrogante, Tudo, até onde se vê. Tudo do meu pai. E seu braço direito apontou na direção dos trezentos e sessenta graus, rodando por cima da cabeça. Abraçou a paisagem inteira. Isso tudo vai ser meu.

De longe, Nicanor já podia ver a casa de moradia, com sua estampa imponente, e os galpões, atrás e dos lados, o paiol, as cocheiras, alguns cinamomos distribuídos por ali com a obrigação de fazer sombra nos dias de calor. Por trás das cocheiras e antes de começar o pasto, capim verde de boa suculência, o mangueirão.

– É ali – apontou Jesualdo quando se aproximavam.

Solto dentro da mangueira o garanhão de boa estrutura, seu tamanho, um alazão escovado, com brilhos e reflexos do sol pelo corpo, muito excitado com a chegada de uma égua.

As montarias estavam suadas, por isso, Jesualdo recomendou que ficassem algum tempo apenas presas pelo cabresto, sem os arreios, mas com um baixeiro no lombo.

– Pra esfriar devagarinho.

A festa que os dois cachorros da casa fizeram, chamou a atenção do pai e das duas irmãs de Jesualdo. Vieram para fora, principalmente depois que Florinda avisou da cozinha para a sala:

– Ele trouxe gente desconhecida.

O pai e Marialva desceram quase correndo os sete degraus pelos fundos da casa e vieram encontrar os recém-chegados. Então foi a alegria. E ficaram falando. A irmã descobriu que simpatizou de imediato com o forasteiro, por isso, sempre que ele retribuía seu olhar, ela sorria. E recebia sorriso. Aquilo como uma reação química com pressa de querer bem: uma síntese. Era domingo e Marialva estava com roupa domingueira, além dos outros cuidados de moça, com o rosto e com o cabelo. Nicanor achou que ela estava linda. Da janela da cozinha, onde preparava café e bolo para o lanche da tarde, Florinda só espiava cheia de intenções.

Depois dos cumprimentos e dos relatos a respeito das novidades, Jesualdo, muito respeitoso, pediu permissão ao pai para botar aquela eguinha ali, que estava no cio, na mangueira com o alazão. Antes, porém, os dois amigos entraram na cozinha para tomar água e Nicanor foi apresentado à caçula, uma menina de seus quinze anos, com jeito de esperta e ela, com seu jeito, convidou-o para o lanche que estava preparando.

A Picaça foi puxada para a mangueira e, com pressa, Nicanor passou para o lado de fora por cima dos varais, mas sempre com o cabresto preso na mão. O reprodutor chegou cheirando as ancas, depois a barriga, urrou para o alto com os dentes arreganhados. Voltou a cheirar e foi soltando seu mangote, desenrolando aquela estatura toda e fez uma primeira investida com as patas dianteiras sobre o lombo da fêmea, que saiu de baixo, fazendo-se de difícil. Mas o garanhão, sem se ofender com a recusa, voltou a cheirar a égua, com relincho que mal saía da garganta, uma voz de sedução, então subiu outra vez. Nicanor não afrouxava o cabo do cabresto. A égua aceitou a cobertura, parada, com a cauda de banda. O alazão, depois de um tempo, interrompeu os movimentos de vaivém, deitou a cabeça sobre o lombo da égua e aos poucos, lentamente, foi-se retirando, até pousar as patas dianteiras no chão.

Nicanor, acostumado com as gamelas produzidas a machado e enxó por seu falecido pai, achou um luxo lavar as mãos e o rosto numa bacia esmaltada que o amigo lhe indicou. E com este gosto de confortável requinte como sensação foi que se sentou à mesa para o café da tarde. Eram cinco pessoas à mesa, mas só desviava os olhos de Marialva quando o pai do amigo, seu Antero, lhe dirigia a palavra. E dirigiu muitas vezes, dando a Nicanor a impressão de que o velho simpatizara com ele.

Quando mais tarde Nicanor fingiu a vontade de se despedir, todos eles protestaram que não, não seria sensato andar pela estrada à noite, principalmente por ser uma estrada desconhecida para ele. Não houve necessidade de muita insistência para que aquiescesse. Principalmente depois que Jesualdo foi com ele até um dos galpões, onde foi possível improvisar uma cama de bom conforto e segurança. Na manhã seguinte bem cedo se botava na estrada.

Os amigos ainda circularam pelos arredores, Jesualdo exibindo as benfeitorias da fazenda, explicando os diversos cultivos de cada estação, as criações, seus rebanhos, suas grandezas. O Sol acabava de mergulhar num morro muito distante quando os dois foram chamados para a mesa.

Não podia haver dúvida, Nicanor tinha conquistado a simpatia de Marialva. E pareceu-lhe que o fato contava com o entusiasmo de Jesualdo, que por momentos deixou os dois sozinhos na sala, para que conversassem mais à vontade.

Para o café da manhã, Jesualdo foi ao galpão convidar seu amigo. E os lugares foram ocupados de tal forma que Marialva e Nicanor ocuparam um lado da mesa, os dois, uma constelação, para o desjejum, que agradou a todos. Ou quase todos.

Na hora da despedida, a mão de cada um foi apertada no patamar na frente da casa. Menos a mão de Marialva, que acompanhou o rapaz até perto do palanque onde a Picaça, toda encilhada, os esperava. Lá, tiveram troca de duas, três palavras e, finalmente, o aperto de mão, com a promessa de comparecimento, no mês seguinte, ao aniversário da moça.

Montou, ergueu e sacudiu o chapéu em despedida, e ganhou a estrada.

Pouco antes das dez da manhã, Nicanor estava entrando no cartório, àquela hora vazio. Depois de entregar uma pasta com os documentos, o escrivão explicou que agora era necessário ir ao cartório do registro de imóveis, na cidade, para que, finalmente, ele fosse validado.

Feito isso, apresentou a conta ao proprietário, que sentiu o estômago contrair-se. Sim, teria como pagar, mas pouco sobrava de suas economias com que teria de acertar as contas no armazém, onde ainda almoçaria antes de seguir viagem.

Deixaria o cartório da cidade para outro dia. A preocupação com seus animais ajudou na decisão.

Terminou de almoçar, acertou as contas e pegou o caminho de volta para casa.

Agora era muito mais existente, pois tinha aqueles papéis guardados na mala, uns papéis com seu nome vinculado ao morro do Caipora: a eternidade.

– LOGO mais começa a escurecer.

A primeira aparição do rio, o olhar rompendo árvores e arbustos da faixa estreita entre a estrada e a água, abre a boca de Nicanor em sorriso bem-humorado. Enfim, uma paisagem familiar e o sentimento de domínio.

– Está vendo a água? –, ele pergunta.

Florinda tanto não tinha visto ainda quanto não sabe o que pode significar. Mas percebe pela bem conhecida voz do marido que o rio é portador de uma mensagem boa. E fica contente.

– Agora até o passo vamos acompanhar o rio, nas curvas e nas retas. Esta estrada deve ter sido aberta em cima de trilha de pescador. Ou de índio. Ninguém conhece as origens disto aqui. Os que viram o nascimento do distrito já estão todos mortos. Mesmo os filhos, netos e bisnetos não existem mais. Este distrito é muito antigo. Só isso que se sabe. Quem sabe no Angico, no cartório, entre os documentos mais antigos, alguma pista.

Cansado de um discurso tão longo, Nicanor aquieta-se. O chuvisqueiro começa a parar, e as nuvens vão rareando, mas sol, de claridade diurna, um bom sol, isso não existe ainda, nem vai existir.

No lado direito, três casas encolhidas, mesmo passado o chuvisqueiro, servem de atalaia a uma vendinha mirrada com uma porta e duas janelas, por onde se veem alguns homens conversando e bebendo qualquer coisa. Alguns sentados sobre sacos e caixotes, outros escorados no balcão. Nicanor faz um aceno amplo com o braço e grita uma saudação. A vergonha pelo retorno embaraçoso está distraída e não evita a euforia pelo reconhecimento do lugar e a identificação de algumas pessoas.

– Conheço este povo.

Florinda sente-se aquecida com a provável proximidade de seu destino.

– Então agora já estamos bem perto?

Nicanor, como é de seu feitio, pensa uns segundos antes de responder.

– Perto ou longe, tudo isso depende.

– Como assim?

– Depende, ora! Onde a gente está, de onde veio, para onde vai. Depende.

A resposta evasiva desagrada a esposa, que não pretende arrastar para mais longe esse assunto. E ela, que brigou tanto para não vir, agora está com pressa de chegar. Por fim, resmunga como se estivesse apenas pensando:

– Parece que a gente nunca mais vai chegar.

Ao TROTE da Picaça, agora uma jovem prenhe, os pensamentos de Nicanor não conseguiam muita progressão. Pensava nos animais soltos naquele alto de morro desabitado, mas pensava apenas como forma de sensação, sem dar estrutura às diversas situações possíveis, e que, mesmo estruturadas, não passavam de um pequeno aperto na cabeça: o medo. Também pensava no que poderia dizer a Silvério, mas não era muito habilidoso em invenções, por isso, pensava pouco. O Silvério. Com ele estava a chave de sua liberdade.

Mas se pensava pouco nessas questões, era porque sua mente estava latejando muito forte com a lembrança de Marialva. Mês que vem, haviam combinado, por benefício de seu aniversário. Que festa não, fora dos costumes da família, mas um dia juntos para matar a saudade. Até um bolo, quem sabe. Florinda, apesar da pouca idade, ela três anos mais nova, tinha nas mãos todas as ciências da cozinha, incluindo aí, as ciências do forno. Florinda pareceu-lhe um caso muito sério. E sorriu, pensando na cunhada. Nos jeitos e trejeitos da cunhadinha, uns olhos terríveis e os lábios que nunca cessavam de sorrir. Então enxotava a imagem da menina, pois era de Marialva sua maior atração.

O meio da tarde andava por perto quando Nicanor teve aquela sensação agradável: aqui conheço cada pedra e cada árvore, além de conhecer cada um dos habitantes da beira da estrada. Alguns minutos depois, avistou a distância, por cima do arvoredo, a torre bem clara da igreja. E sorriu antecipando a travessia do rio. A Picaça agora estava ferrada e não machucaria os cascos. Ele, em seu pensamento, afirmou que voltava muito mais homem. Por tudo que lhe tinha acontecido, por todas as experiências por que tinha passado, pelo documento que trazia fechado em uma pasta de papelão.

A própria Picaça parecia corresponder à alegria de seu condutor. Ergueu a cabeça e relinchou um relincho que se perdeu nos morros dos lados, de onde lhe foi devolvido o eco. Terá ela reconhecido que entramos em Pedra Azul? Ela, um bicho. Mas alguém muito especial, com toneladas de esperteza. Nicanor deu um tapa carinhoso na tábua do pescoço de sua companheira.

Pouco adiante, Nicanor ergueu o chapéu reverente porque agora, agora sim, era um homem com o destino preso pelas orelhas em suas mãos. Em seguida a Picaça enfiou as patas ferradas no barro mole da rampa e entrou com passo lento no rio. Já não apalpava tanto o leito pedregoso como fizera na ida, ou não passava de impressão de Nicanor por lembrar-se das ferraduras? O rapaz pensou que não apalpava e foram entrando até a água bater na barriga da égua, que bufou com as ventas muito abertas e trêmulas, os olhos muito arregalados como se previsse algum perigo. Quase pulando ela saiu na margem do outro lado e enfrentou a rampa sem necessidade de estímulo.

O coração de Nicanor aumentava o ritmo de suas batidas na proporção direta em que subiam o morro. Estar na estradinha de sua casa, olhando a sua paisagem eram as causas da ansiedade e do medo. Medo do que poderia encontrar lá no alto.

Em zigue-zagues, desviando-se de pedras e troncos, a eguinha acelerou o passo, pois sentia-se já no fim da viagem. Sua garganta produzia um som rouco possante, anunciando-se para os outros seres, talvez para algum cavalo imaginário. Mas quem ouviu primeiro e desceu em carreira desabalada foi o Sultão, que chegou fazendo muita festa, pulando para lamber o focinho da Picaça, para morder a botina de Nicanor, endoidecido de saudade. Então, à soga, a vaca e seu filho, que mal viraram a cabeça para ver quem chegava. E continuaram pastando como se Nicanor nem tivesse saído de casa.

Na cancela, Nicanor apeou-se, tirou os arreios e, como tinha aprendido, deixou o baixeiro para que a Picaça se resfriasse devagar. Deixou-a presa a um mourão pelo cabo do cabresto e foi buscar mãe e filho um pouco abaixo da chapada, onde tinham passado três dias sem mudança de lugar. Quem não saiu mais de perto do rapaz foi o Sultão, que não parava de rir e rebolar, com a cauda abanando o tempo todo.

Mais pra cima, havia o restante de seu povo. Depois de soltar a égua, que deu uns pulos e um trecho curto de galope, juntou os arreios e continuou a subida. De passagem descobriu um rombo na cerca de sua horta e lá dentro, em exercício de alimentação, suas galinhas. Entendeu que elas aproveitavam a obra de algum dos porcos por pura necessidade. Continuou na subida até o galpãozinho ao lado da casa. Pendurou os arreios na parte de uma forquilha presa à parede, abriu um saco de milho, com que encheu a copa de seu chapéu de palha.

Prrrri-pi-pi-pi-pi, prrrri-pi-pi-pi-pi, e em muito pouco tempo o bando de galinhas já cobria o terreiro, atendendo ao convite conhecido, aves ávidas pelo milho nosso de cada dia. Um dos porcos veio a trote rápido pela estradinha que subia para o cume, o ponto mais alto do morro. A cabra apareceu de repente, como se já estivesse por ali, invisível. Cuch-cuch--cuch-cuch, repetiu Nicanor várias vezes à espera de que o outro porco aparecesse. Mas ele não apareceu.

Em um pedaço restante de tarde, como aquela, o rapaz concluiu que não havia mais o que fazer: não ia mexer com roça, tampouco procurar Silvério para mostrar o que havia conseguido. Resolveu então arejar a casa, abrindo todas as portas e janelas para expulsar aquele ar parado, como se fosse uma peste com cheiro de coisa velha.

Como a claridade estivesse fugindo para o outro lado do morro, Nicanor lembrou-se de que teria de comer alguma coisa antes de dormir. Por isso, ateou fogo numas lascas de lenha que repassaram as chamas para achas de lenha maiores. Pôs água numa das panelas e desceu até a horta, onde decepou uma cabeça de repolho já um tanto estragada pelos animais, mas que ainda era aproveitável. Uns punhados de fubá, um tanto de sal, pedaços de folha de repolho, e estava pronto seu jantar.

Antes de sentar-se à mesa, e como o céu estivesse translúcido azul começando a se enfeitar de estrelas, o rapaz lembrou-se de Marialva e com ímpeto selvagem foi à janela para seu grito de vitória que, provavelmente, chegaria até ela. Iô--hô-hôôôô, com as duas mãos em concha alto-falante, e os morros todos, mesmo os do outro lado do rio, lhe devolveram o grito. Atenuado, mas com a mesma melodia.

Foi naquele momento que avistou o porco sumido. Uma sombra que grunhe. Vinha roncando com ar de muito satisfeito pensando que por ali ainda teria o que comer. Como se aquele grito de seu dono fosse um convite.

Ao sentar-se no banco em frente ao prato de polenta com repolho, comparou a vida que lhe restara naqueles esconsos da escuridão com os requintes todos da casa de seu amigo. Aquilo tudo o intimidava, tomava cuidado com cada movimento, não fosse cometer algum desastre. Ao mesmo tempo, porém, era um desafio que tinha de aceitar como recusa de viver sua quota na solidão entre o céu e o mato, aquele inferno.

– PARECE que a gente nunca mais vai chegar.

O alvoroço dos meninos é por causa de seu desejo de ver o rio. Conseguem um ponto em que a lona se deixa empurrar para cima, abrindo uma janela por onde eles se põem a espiar com olhos de curiosidade e riso solto. Um rio.

Mais algumas casas na beira da estrada e Nicanor declama o nome do dono de cada uma delas. Um modo de se sentir pertencente a um grupo, uma comunidade de seres humanos, pois a maneira como fora praticamente enxotado de sua casa e do convívio com os parentes da mulher é ainda ferida aberta e dolorosa. Ele precisa de compensações com urgência.

Florinda volta a insistir que o conhecimento daquelas pessoas todas deve significar que já estão perto de casa. Nicanor, que já se sente em casa, não comenta mais a insistência da mulher. A pouco mais de dois quilômetros, surge por cima das árvores a torre da igreja.

– Ali, ó – ele aponta com o queixo pontudo e o lábio espichado.

– Uma igreja?

– O que que tu acha?

A estrada já não é tão pesada, o chuvisqueiro ficou para trás. Os filhos continuam examinando o rio com olhos de curiosidade e riso solto. O pouco de rio que árvores e arbustos não conseguem esconder. Eles esqueceram a fome, pelo menos por enquanto. Enfim, encontrada esta diversão, ninguém mais pensa em comida.

A pesada carreta avança lentamente deixando sulcos novos na terra úmida da estrada. Florinda permanece calada, pois já sabe que qualquer comentário, qualquer pergunta terão uma reação agressiva do marido. E ela sabe, ou, pelo menos, imagina, que Nicanor se sente acusado de ser o culpado pelo exílio.

E teriam outra escolha? Aqueles anos todos de rancor, de ameaças e desavenças, tudo aquilo tornava suas vidas um inferno. Era impossível continuar com aquela vizinhança.

Pouco antes da igreja e para os fundos do salão paroquial, Nicanor avista umas cruzes escuras, várias delas, e chama a atenção da mulher: Olha lá, toda minha família naquele lugar, o cemitério dos outros. Começa a explicar o significado da designação quando fronteiam a igreja.

Com a mão direita, a mão livre, ergue o chapéu, seu cumprimento reverente. A esposa, ao lado, solta uma borbulhante gargalhada, por não entender aquele gesto, que lhe parece ridículo, ela também pouco versada em questões religiosas. Mas corta seu riso absurdo ao ver que a carreta sai da estrada real, entrando vagarosamente no caminho estreito em declive, que ela percebe ser a direção do rio. As sombras vão tomando conta da paisagem e mesmo o rio só existe por algumas cintilações e seu rumorejo.

– Bem, agora eu acho que já falta pouco.

O SONO interrompido diversas vezes, um sono sem profundidade por causa da canseira da viagem, a excitação dos acontecimentos, a lembrança de Marialva. Nicanor acordou tarde sem ter descansado direito. E acordou por causa do barulho dos animais miúdos em volta da casa.

Bocejou, alongou os braços, pulou da cama.

Os pés no assoalho, lembrou-se de que precisava fazer uma visita a Silvério do Velho Neco, mostrar a ele até onde tinham ido suas providências.

Se pretendesse continuar morando aqui. Enquanto descia para o potreiro, Nicanor ia pensando que, neste caso, seria bom desviar com um canal alguma água da sanga, criando uma lagoa para os animais, evitando a necessidade de duas vezes por dia, dependendo da estação, levá-los à fonte que se formara naturalmente um pouco abaixo da cerca. Ou mudar a cerca, invadindo um pedaço da roça de aipim. Se pretendesse continuar morando ali.

A descoberta de seu pai como um homem, apenas, um homem, homem, sem grandes virtudes, causou-lhe uma dorzinha incômoda e estranha. O pai nunca pensara naquela possibilidade de canalizar a água da sanga. Ele, também, mesmo quando dispunha de saúde para alguns anos, jamais falou em abandonar aqueles matos para viver na várzea, onde a vida é mais leve perto de seres humanos. O morro, na escuridão da noite, era a habitação de fantasmas e outros seres inconvenientes. Mesmo que só imaginados, porque a imaginação é quem mais trabalha quando as sombras engolem tudo e os olhos se tornam inúteis.

Tratados todos os animais do terreiro e do cercado, Nicanor arreou a Picaça, enfiou a pasta do cartório na mala de montaria e, com o pé no estribo, levantou voo. O fato de já ser bastante tarde, a manhã passando por cima das árvores do morro, incomodou um pouco, até se lembrar de que não tinha hora marcada. Sua pressa era outra coisa, era fruto da ansiedade por fechar logo aquele negócio, saber quanto – as condições – e tudo que viria depois: os caminhos de sua vida.

Seu destino estava debaixo de sua perna em forma de papel. Desceram a encosta, ele e sua égua, com o maior cuidado, evitando as irregularidades maiores da estrada. Uma descida lenta porque perigosa.

Finalmente o rio, cuja travessia já ia tornando-se um hábito e por isso mais tranquila. Do outro lado, depois de escalarem a rampa para a várzea, Nicanor ergueu o chapéu. O de feltro, pois estava em serviço de negociação. Mais adiante, a venda do Velho Neco, com pouca gente no balcão.

Nicanor apeou-se, tirou o freio da égua para que descansasse a boca, e prendeu o cabo do cabresto num palanque debaixo de um dos cinamomos à margem do terreiro. Seus gestos tinham perdido a vagareza da hesitação, que eram os gestos da dúvida e do receio de estar em lugar errado. Agora tinha ido longe, tinha conhecido pessoas de outros distritos, tinha tratado com um escrivão que o tratara até por senhor, pelo menos assim lhe parecera. Enfim tinha direitos, era proprietário e, o melhor de tudo, estava mais ou menos comprometido com Marialva, moça da sua idade e filha de um fazendeiro de muita propriedade.

Da porta mesmo cumprimentou os presentes, todos conhecidos. Acercou-se do balcão e perguntou a um empregado que pesava um quilo de açúcar onde poderia encontrar Silvério.

No galpão, o último depois das carroças, cuidando dos rolos de fumo em corda, comandando vários empregados. Nem precisava de qualquer indicação. Era só seguir o cheiro adocicado do tabaco. Ao ver o jovem na porta, Silvério levantou-se.

– Mas então, como é que vão as coisas?

Nicanor abriu a pasta do cartório e deu para Silvério ler. O homem pegou a pasta que lhe era estendida e sem saber o que dizer, perguntou pela escritura.

– Ainda não registrei, mas um dia destes vou até à cidade providenciar também isso.

O filho do Velho Neco, com cara de cachorro ladrão, fechou a pasta e disse que nem precisava se dar o trabalho.

– Como assim?

Nicanor sentiu que de seu estômago partia uma golfada de fel que lhe chegou à garganta.

– Sabe, Nicanor, não saí procurando, não, mas quando uns proprietários bem depois dos Protásio ficaram sabendo do meu interesse, vieram aqui me oferecer umas terras que eles tinham aqui mais perto, na outra encosta deste morro aí atrás. Terra de morro, mas não tão brabo como o teu. Já fechei negócio.

As pernas fugiram, as mãos tremeram, Nicanor perdeu a cor de ser vivente. O vômito subiu queimando a garganta, mas voltou antes de ser expulso.

Havia dentro do galpão, mais para o fundo, pessoas trabalhando que olhavam curiosas e sem ouvir o que se passava na porta. Envergonhado, Nicanor grunhiu uma despedida que nem chegou a ser palavra articulada, virou as costas e se afastou. Não olhou para trás com medo de ver novamente aquele rosto odioso. Montou na égua, que galopou até a entrada para o rio. Nicanor não ergueu o chapéu ao passar pela frente da igreja. Estava com raiva. Atravessou o rio cutucando com os calcanhares a barriga da Picaça e, escalada a rampa do outro lado, começou a chorar. Chorava de raiva. Raiva do filho do Velho Neco, raiva de si mesmo que não dera um murro na cara do tratante, raiva do pai, que nunca falara em sair daquele morro. Raiva da vida que lhe tocava, raiva do morro, ele chorava com voz rouca e alto volume, sem medo. Por ali nunca passava pessoa que testemunhasse o que quer que fosse.

Depois de soltar a égua prenhe no seu exíguo espaço, que dividia com uma vaca e um bezerro, carregou-se na subida até a casa. Entrou, arrancou as botinas e deitou. O dia estava acabado para ele. Em pouco tempo estava dormindo, livre de todas aquelas incertezas sobre o que viria no dia seguinte e em todos os dias seguintes.

– BEM, agora eu acho que já falta pouco.

Os bois não têm muita experiência em travessia de rios e um deles tenta dar um salto na ilusão, talvez, de alcançar a margem oposta: a terra seca. Não consegue, contudo, pois seu companheiro está tomando água, o focinho enterrado no rio. É o brasino, que se acalma e imita a ação do hosco. A carreta inclinada para a frente facilita a chegada dos meninos às costas do pai e da mãe, de onde pensam em aprender o rio. A noite ainda não está fechada, mas a claridade é pouca, e eles se queixam, choramingando, que não dá pra ver direito.

– Agora sim, agora a gente pode dizer que não falta muito.

Por fim, os bois levantam a cabeça, eles saciados, e Nicanor ordena que prossigam. A carreta entra na água. Os bois, os dois, tateiam o fundo do rio, avançando um passo de cada vez, depois de alguns segundos de meditação. O murmulho da correnteza é ridente e os meninos, quase estourando de alegria, iniciam suas gargalhadas e gritos por causa daquela cena desconhecida.

– Nós tivemos foi muita sorte.

A mãe ralha com os meninos e exige silêncio.

– O que foi que tu disse? –, com sua voz muito forte, meio esganiçada.

– Que nós tivemos foi muita sorte. Não choveu lá pra cima.

– E se chovesse?

Os dois falam agora aos gritos, porque, além do barulho da água, as rodas da carreta arrancam uma zoeira áspera, meio rouca, das pedras no leito do rio.

– Se chovesse lá pra cima, a gente tinha de pousar na carreta ao lado ali da igreja. E esperar. Ou então seguir mais uns quinze quilômetros até a ponte. Muitas vezes a ponte fica coberta de água. Então ninguém passa pra lá nem pra cá.

Nicanor chacoalha o guizo por cima da cabeça dos bois, que não parecem muito dispostos a enfrentar aquela água toda. Sacolejando por causa do leito irregular, a carreta, sem pressa, prossegue. O marido inventa de contar histórias. Que uns anos atrás, uma família ficou acampada ao lado da igreja por uma semana. Na hora das necessidades, eles corriam para o mato. Os vizinhos sustentavam a parte da comida. Uma semana com vida de ciganos.

Florinda continua calada.

Outra vez, há menos tempo, um teatino sem notícia, ninguém sabia de onde tinha vindo, disse que precisava chegar ao outro lado. O rio estava cheio, com muita chuva nas cabeceiras. Que não, todos avisaram, não está dando passo. Nem aqui, nem na ponte, que já foi encoberta. Com parte de valente, enveredou para o rio e açulou seu cavalo para que se jogasse na água. Até o meio do rio foi tudo bem, o cavalo nadava com a cabeça e parte do pescoço fora da água. Mas tiveram de enfrentar a correnteza, e então foi aquele desarranjo: os dois foram carregados para baixo. O cavalo ainda apareceu coisa de uns quilômetros além, saindo sozinho da água. O dono, este só foi encontrado três dias depois. Enganchado nuns galhos de árvore, gordo imenso, ele apareceu quando as águas baixaram.

Florinda ouve as histórias que podem aumentar seu medo, mas nada diz. Ela havia jurado no silêncio do seu pensamento que nunca mais diria uma palavra. Seu coração, agora, quando ela quer, fica mais duro do que uma pedra. Não tinham adiantado as brigas, o choro, as ameaças, que para aquele inferno eu não vou. Nada tinha comovido o marido. Agora me aguenta, ela pensa, e morde os dentes.

– Só mais um quilômetro até a minha estrada.

SEM OUTRA alternativa de sobrevivência no momento, Nicanor tratou de usar seu tempo e força no cultivo do que pudesse nas poucas áreas limpas de árvores e mais ou menos desempedradas. O que significava o aproveitamento de cada nesga de terra onde pudesse enfiar uma enxada. Nos primeiros dias, o sofrimento com a decepção foi maior, mas era preciso comer, cuidar dos animais que dependiam dele, e com isso a distração foi aliviando a raiva e o tratante, aquele Silvério, foi sendo empurrado para o escuro do passado.

Pelo menos agora (e ele pensava com muita frequência nisto), havia um par de olhos que, naquela distância além dos limites, esperava pelos seus.

Duas semanas mais tarde, amarrou pelas pernas uma dúzia de frangotes criados pelos milagres da mãe natureza, juntou um balaio com algumas dúzias de ovos, encilhou a Picaça e partiu para a várzea. Do outro lado, em lugar de tomar o rumo da esquerda, enveredou para a direita. Andaria três quilômetros a mais, e andaria satisfeito, pois tinha jurado que na venda do Velho Neco, desde sempre o comprador de seus produtos, jamais poria os pés. Nem que perca algum dinheiro, ele ia pensando com muita determinação, pouco importa, mas lá, na venda daqueles necos amaldiçoados, não mostrava mais sua cara.

Com o inverno se anunciando nas primeiras geadas, separar um dia para descer à várzea, conversar com gente, fazer negócios, andar em estrada plana do outro lado do rio tinha o sabor de um dia de festa. Não havia muito o que vender, por isso ofereceu um dos porcos e o bezerro já desmamado.

Tratados seus negócios de vender, as combinações, Nicanor mudou de balcão, agora na loja de armarinhos com as suas delicadezas. Atendido por uma das balconistas, ele não sabia como explicar o que queria, pois ainda não tinha ideia do que comprar. Um presente. Com vergonha de dizer que era para sua namorada, disse simplesmente: uma moça. Depois de muitas propostas da balconista, viu-a abrir uma sombrinha, cujo azul com ramos floridos de várias cores conseguiu encantá-lo. Vai esta aqui, desfechou, encerrando uma cena difícil.

No dia seguinte, o dono da venda mandou uma carroça subir o morro com um de seus filhos. Fazer concorrência ao Velho Neco era sempre razão de prazer e sentimento de orgulho: as rivalidades. Mais que os sentimentos, contudo, contava o incremento dos negócios. E Eugênio, dono da venda, da mesma forma que o Velho Neco, conhecia cada habitante do distrito, onde se abastecia e onde vendia cada um deles. E contabilizava avaramente cada tento ganho na disputa.

A semana passou como lufada de vento: só se veem seus efeitos. Nicanor gastou dois dias arrancando mandioca e aipim e deles fez dois montes no galpão. Das ramas, escolheu dois feixes que cobriu com terra, um na parte de baixo do terreno, um trecho meio protegido por umas árvores, o outro no alto, também onde as geadas quase não conseguiam chegar. Ele trabalhava duro, macerava o corpo, na esperança de conter a ansiedade. Mas a noite chegava empurrando o namorado para a cama, onde não conseguia fechar os olhos antes de ter ouvido o pio do mocho, habitante de algum oco de árvore por ali, e isso costumava acontecer bem tarde da noite. A infusão de folhas de laranjeira, que diziam ser boa para dar sono, pouco ou nada resolvia. Por isso levantava tarde, com o barulho das reclamações dos bichos de terreiro.

A valeta puxando água da sanga até o potreiro, onde abriu uma bacia na terra foi outra providência que lhe tomou quase um dia inteiro. No início, a água descia carregando muita terra solta, mas no dia seguinte já vinha com a mesma limpidez da sanga. No sábado, deixou muito milho espalhado no terreiro, uma lata rasa cheia de um angu com pedaços de folha de repolho. Se eu posso comer isso, disse ao cachorro, por que tu não pode? E outras providências, como pasto para a vaca e restos de comida no cocho do porco. À tarde, quando as primeiras sombras do cume do morro chegaram rastejando, Nicanor olhou em volta, sentou-se no último degrau da escada e teve vontade de gritar. Então gritou.

Não, isso não é o eco, ele concluiu. Alguém me ouviu e está respondendo. Sua visão alcançava um pedaço da várzea e os morros que lhe ficavam além. De lá tinha vindo a resposta. Iô-hô-hôôô, ele repetiu, porque agora se fazia o rei daquela mataria trepada nas encostas. No meio das respostas que o eco lhe devolvia, identificou alguma voz de humano que não era a dele.

Esperou que a noite transformasse tudo em sombras, o mundo sem cor, para comer alguma coisa antes de se jogar na cama. Pretendia sair cedo, muito cedo, por isso queria também pegar no sono mais cedo que de costume. Mas o que fazer com sua ansiedade? Levantou-se, acendeu o lampião e com ele saiu para a noite à procura da moita de capim-cidreira, ao lado da casa. Sua mãe usava esse chá quando precisava acalmar os filhos. Apesar do frio que já fazia, o rapaz não parava de suar, principalmente depois de tomar uma caneca cheia da infusão que tinha preparado. Acabou dormindo bem tarde, e o sono ficou sempre na beirada da vigília, atrapalhado pelo temor de acordar com Sol alto.

Na manhã do domingo, Nicanor se botou na estrada com estrelas piscando sobre o mundo imenso: morros ainda escuros encostando no céu. Apesar do ventinho frio da madrugada, ele tratou de enfrentar a estrada até com alguma euforia, sabendo que teria várias horas de caminho, uma viagem debaixo de sol, em qualquer época é mais cansativa. Durante algum tempo, a única coisa que ouvia eram as patas no trote da Picaça e o murmurinho do rio dos Sinos, que em sua descida corria emparelhado com a estrada.

Foi só depois de passar pela venda do seu Eugênio que a estrada inflectiu para a esquerda e o silêncio se tornou maior. Nicanor sorriu ao sentir a sombrinha escondida por dentro de uma proteção de papel: o embrulho.

O caminho, pelo menos até o Angico, era regularmente conhecido. Muitas vezes viera com o pai até a sede do distrito, sem outra finalidade senão fazer companhia a ele. As curvas e ladeiras, os arroios e pontes, mesmo árvores e pedras por onde a estrada passava, tudo isso ia recordando à medida que se aproximava do Angico.

As casas ainda dormiam silenciosas, umas poucas chaminés soltavam um fio de fumaça azul prometendo o café do desjejum, quando o viajante embocou na vila. Não havia porta aberta, nem haveria. Nicanor pulou do alto da Picaça, amarrou-a perto de uma braça de capim e tirou-lhe o freio da boca. Era preciso descansar. Ele então sentou-se ali perto, no degrau de uma escada na frente de uma loja. E ao sentar-se foi que percebeu o sono sorrateiro chegando. Bocejou, esticou os braços e piscou com sobrancelhas pesadas. Próximo ao riacho, ele pensou, é preciso enfiar a cabeça na água.

Ninguém passava, pois era um domingo nascendo, e ali, as pessoas julgavam-se urbanas com seus respectivos hábitos. Não foi mais do que meia hora o descanso de Nicanor e sua égua. O Sol já estava a dois palmos acima dos morros e era preciso pegar novamente a estrada.

Os olhos se entretinham com a paisagem, mas não exigiam pensamento para organizá-la. Não havia interesse nisso. Então Nicanor começou a se ocupar da família onde se propunha entrar. Ele, que era sozinho sua própria família, estava ansioso por se estruturar como membro de alguma. Então lembrou-se de que não tinha entendido direito o nome do amigo, que teve de repetir: Jesualdo. O nome da Marialva, irmã dele, a aniversariante do dia, era impossível esquecer. Eram dois nomes em um, mas que estavam muito bem compostos – um som bonito de se ouvir. Marialva. Depois aquela sua irmã e o pai, os dois de cujos nomes durante esse mês inteiro não conseguira mais se lembrar.

Antes de atravessar o arroio que cruzava por cima da estrada, foi costeando a água, subiu por um barranco, em seguida desceu, a Picaça puxada pelas rédeas, até encontrar local apropriado para enfiar a cabeça na água. Era uma água limpa como vidro, de se ver as pedras do fundo. A Picaça aproveitou a parada, e com as duas pernas dianteiras muito abertas, baixou a cabeça, farejou com ruído, ventas abertas, e sorveu vários litros do córrego. Nicanor sentiu-se mais esperto, capaz de conversas e risos quando chegasse a hora.

O nome do pai da Marialva, ele ficou forçando a memória, pois era importante saber para causar boa impressão. Nos primeiros dias de seu retorno para casa, ainda se lembrava de todos os nomes. Mas aí vieram aquelas incomodações com o Silvério Neco e lembrou-se então de que precisaria tirar um tempo, talvez um dia inteiro, para procurar o cartório do registro de imóveis. Seria uma viagem bem mais longa. Talvez tivesse de pernoitar na cidade. Distraído com a paisagem, um campo até onde podia enxergar, com centenas de coqueiros, um rebanho pastando, todos da mesma raça, o nome chegou por cima do entendimento e fora de qualquer procura: Antero. Como esquecer um nome desses, um nome bom de se pronunciar. Seu Antero. Jeito de homem muito sério e de bastante idade.

Finalmente começaram a aparecer outros cavaleiros na estrada e até algumas crianças brincando na frente de umas casas ralas que não chegavam a ser uma vila. Àqueles que ia encontrando, levantava o chapéu, o que, além de um cumprimento educado, era também uma distração: uma pausa naquilo em que estivesse pensando. De vez em quando um cachorro vinha latir na frente da Picaça para espantar de vez o sono de Nicanor. Ele percebeu que o Sol não se escondia mais e ficou mais concentrado no caminho e no trote de sua égua.

Pouco mais da metade da manhã tinha passado pelo céu quando Nicanor entrou no pátio da fazenda provocando o arrazoado barulhento dos cães. A Picaça pareceu ter ficado incomodada com tanto latido, e tão perto, ameaçando partir para o corcovo. Na porta da frente, apareceram Jesualdo e Marialva, que gritaram os nomes dos três cachorros, que aquietaram, mas demonstraram certo desconforto com a presença de um estranho.

Os dois irmãos desceram a escadaria e vieram abraçar o recém-chegado: uma alegria. Na visão dos cachorros, isso era sinal de que não precisavam mais se ocupar de Nicanor.

Enquanto os dois amigos, conversando sem parar, soltavam a égua na mangueira, seu Antero apareceu vindo de algum dos galpões para, sorridente, cumprimentar o rapaz. Despachou Marialva para a cozinha, pois Florinda precisava de ajuda. Então, Florinda, e Nicanor fechou a lista dos membros daquela família: sabia a lista completa.

Os três homens sentaram-se em um banco na boca do galpão onde Nicanor já passara uma noite e acabava de guardar os arreios da Picaça. A sombra projetada do galpão protegia-os do sol, que, mesmo sendo o início do inverno, àquela hora começava a castigar. O pedrazulense, nos primeiros minutos, segurou as palavras antes que lhe chegassem à garganta, ele muito sério em sua desorientação, temeroso, pensando que poderia ter início uma conversa dos costumes, quando aparece algum pretendente, e ele se considerava um deles, mas ficou tenso, pois tinha certeza de que não saberia como enfrentar assunto familiar, Quais são suas pretensões?, Como é que pretende sustentar uma família?, e coisas como tais. Mas o assunto derivou para cavalos e bois, oscilando para plantações, as diversas, e umas poucas perguntas a respeito de sua propriedade.

Nicanor só se soltou um pouco mais ao descrever a encosta de morro de que era agora o legítimo dono, com inventário feito e escritura que ainda não tinha sido registrada, por isso ainda naquele mês, um mês de pouco trabalho na roça, ele iria à cidade para registrar. Depois se arrependeu de ter descrito seu morro, como pedregoso e coberto de mato. Mato grosso carecendo de muitos braços para que se abrissem clareiras: as coivaras. Quando se deu conta, já tinha dito tudo que não devia, pois, com certeza, tinha causado má impressão como pretendente ao namoro com Marialva.

A conversa voltou para os animais e transcorria solta naquela beira de galpão, à sombra, até ser interrompida pelo barulho dos cachorros, que descobriram primeiro as alterações no ambiente. Estava chegando uma carroça que, contando as cabeças que apareciam, trazia umas dez pessoas: uma família de amigos, revelou Jesualdo, vinda de uns dez quilômetros dali, os vizinhos. Não era uma festa de aniversário, que as meninas preparavam na cozinha. Seria um almoço com uns poucos convidados, bem poucos.

Para quem esperava alguma privacidade, num encontro a que já chegava um tanto intimidado, a presença daquele povo foi um pequeno sismo, principalmente depois que pai e filho deixaram-no sozinho e foram cumprimentar com muita alegria aquelas visitas. Nicanor sentiu o despeito azedar seu estômago, quase arrependido por não ter ficado quieto no seu morro.

Seu humor só melhorou um pouco na hora em que Jesualdo o apresentou como o namorado da Marialva para algumas daquelas pessoas. Ah, então era reconhecido como o namorado! Não estava ali como um teatino qualquer. Tinha seu *status* declarado pelo irmão dela, o que já representava quase um pé na família. Por isso, foi desemburrando, se soltando, até sentir-se melhor, um como os outros.

Dois dos rapazes que chegaram quiseram ver a Picaça, pois já lhe conheciam a fama, claro, difundida por Jesualdo. Estavam empoleirados nos varais da mangueira, conversando, comentando a anatomia e os modos da égua quando chegou mais uma carroça com gentarada, também vizinhos. Mas agora Nicanor já se sentia enturmado e não sofreu abalo nenhum.

Mesa para mais de vinte pessoas começou a ser armada sob o coberto onde se guardavam carroças, arados, e outros petrechos, adrede removidos para outros lugares. As duas irmãs, agora auxiliadas por amigas, cobriram a mesa com toalha, louças e talheres. Só faltava o que de comer e beber. Por isso seu Antero, terminados todos os cumprimentos, com abraços e tapas nas costas, e depois dos ditos graciosos de gente transbordando contentamento, convocou as pessoas para ocuparem os lugares que ele foi indicando para cada um. Ele na ponta, a seu lado, posição de honra, mandou que Nicanor sentasse, colocando Marialva ao lado do rapaz, formando um casal. Na outra ponta da mesa, à falta de uma esposa, ficou Florinda, que não parava de rir, como uma criança querendo chamar a atenção dos outros.

Depois do almoço, o povo foi-se dispersando, um grupo aqui, outro ali adiante, de acordo com a afinidade de cada um. Marialva e Nicanor ficaram mais tempo à mesa, uma surpresa, disse o rapaz para que ela concordasse em não sair dali. Só quando sozinhos, ele foi lá dentro e trouxe um cilindro enrolado em papel de loja. Que linda!, a moça exclamou ao abrir a sombrinha, e então aconteceu o primeiro beijo, muito rápido, meio de raspão, porque ninguém poderia ver. Com a emoção daquele primeiro beijo ainda correndo pelas veias, eles saíram caminhando pelo campo em passo de namoro. De vez em quando uma haste de capim arrancada e mordida, o comentário sobre os pequenos gaviões procurando carrapato no dorso de vacas e bois, a comparação entre a topografia do morro e da várzea – as colinas ondulando o terreno e os morros querendo furar o céu.

Estava uma tarde amena, os namorados sentiam sem pensar porque não sabiam organizar as palavras que correspondessem àquela sensação. Os corpos, com tamanha proximidade, ferviam de satisfação. Uma das famílias se preparava para a despedida, os cavalos atrelados à carroça, por isso, com passo mais lépido, os dois vieram para o pátio. A aragem, a essa hora, já começava a cortar orelhas e nariz.

– O bom, comentou Marialva, era o pai deixar que tu pousasse lá dentro de casa, onde o frio pouco vigora. Mas ele disse que, com duas moças dentro de casa, não fica bem um rapaz de fora, como tu, dormir ali tão perto.

Nicanor concordou com o zelo paterno. Seu Antero, viúvo há mais de dez anos, tivera de criar sozinho um filho e duas filhas. Era um nome honrado em toda a região – respeitado onde fosse conhecido.

Aquilo era só conversa de manutenção. Juntos, era preciso dizer alguma coisa, e eles não tinham um repertório assim tão bom de assuntos. Desde a primeira vez em que estivera na casa do Jesualdo, Nicanor ficara sabendo daquela opinião de seu Antero.

Na segunda-feira, Nicanor acordou ainda escuro com o barulho que um dos peões de seu Antero fazia no galpão. Jogou para o lado os dois cobertores com que estava coberto, e gritou seu cumprimento ainda meio assustado, pois estava muito escuro e mal podia ver um vulto, sem que pudesse identificá-lo. Em seguida, chegou Jesualdo, dizendo que havia uma mesa posta para o café do amigo. Depois de suas abluções naquela bacia de esmalte, com um jarro do mesmo material ao lado, Nicanor foi até a porta da cozinha, onde não entrou sem antes ser convidado. E o convite veio de Marialva.

Pouco depois Nicanor estava novamente na estrada com um céu muito alto por cima de sua cabeça. Cravou os calcanhares das botinas nos flancos da Picaça para que trotasse tudo que sabia. Era um caminho muito longo o que tinha pela frente.

– SÓ MAIS um quilômetro até a minha estrada.

Inteiramente sua não chegava a ser, a estrada, não estava, todavia, muito longe da realidade. Além de sua casa, na encosta sul do morro, havia mais duas casas no lado oposto. A estrada, que Nicanor considerava sua, terminava na sua casa, era uma subida só, a certa altura, entretanto, saía um caminho horizontal raramente usado pelos vizinhos da vertente norte, isso porque eles tinham uma estrada melhor e mais curta para chegar à várzea num ponto em que o rio também dava passo.

Em oito anos a paisagem mantivera-se praticamente a mesma no trecho em que, a certa distância, a estrada acompanha o rio. A única mudança tinha sido uma segunda casa construída a cem metros da antiga morada dos Serafins, como eram conhecidos, todos eles, os quais debandaram para a cidade. Não era bem de ciúme o sentimento de Nicanor, mas alguma coisa próxima disso, pois um território em que era suserano, sem que o consultassem, recebia estrangeiros, que provavelmente nem saberiam quem ele era. Seu território, na verdade, media-se da margem esquerda da estrada até o alto do morro, mas não estava acostumado com mais gente no seu caminho.

Florinda percebe na voz com que ele comanda os bois um pouco de irritação. Quer mostrar à esposa o quanto podia ser bonita aquela pequena faixa de terreno plano, com árvores de boa estatura, seus troncos, além das plantações dos novos habitantes. As formas todas já se misturam indistintas com as mesmas cores da noite quase fechada. O céu começa a se azular de um azul vítreo e fundo, com estrelas que já chegam piscando. Queria mostrar, ele disse à mulher, mas assim, no escuro, não há muito o que apreciar.

Apesar de ter odiado seu próprio território por muito tempo, Nicanor sente um pouco de orgulho por estar perto de casa, um lugar de onde jamais alguém poderá expulsá-lo.

As duas casas por que estão passando, têm uma janela aberta ao lado da porta, na frente, e é possível ver lá dentro a luz de um amarelo meio avermelhado dos lampiões. Uns vultos aparecem nas janelas e Nicanor os cumprimenta. As respostas misturam vozes de homem, mulher e de crianças.

Finalmente saem da estrada mais larga e tomam à esquerda o caminho que Nicanor chama de minha estrada. Começa, então, a escalada do morro, e Florinda fecha os olhos, sem vontade de ver.

– Eles devem ter ficado curiosos por saber quem passou.

– E tu, tu por acaso sabe quem foi que passou?

NICANOR escalavrava o corpo desde antes de o Sol aparecer até que sumisse no arvoredo escuro do alto do morro para manter o sítio pelo menos como o tinha recebido do pai. Chegou a pensar em abrir coivara em trecho de terreno menos íngreme, mas concluiu que não teria braço suficiente para o serviço: muitas árvores troncudas para derrubar, muita pedra para remover. Não daria conta. Esfalfado, no fim do dia, não se demorava muito de pé, a não ser nas noites em que resolvia fazer os trabalhos caseiros, como catar feijão, preparar comida para si e para os animais, lavar sua roupa de vestir e de cama. Então ficava ocupado até alguma hora que não saberia definir. Lá de fora, do mundo das sombras, ouvia os noturnos, como o pio ou o chirrio de corujas e outras aves, os latidos do Sultão, o miado de algum gato-do-mato, que o cachorro atropelava para o mais alto do morro.

Sua distração eram os dois cabritinhos paridos por sua cabra. Às vezes ficava olhando, parado com um sorriso imobilizado no rosto, as estripulias dos dois. Mas eram muito poucos seus momentos de alegria. Na maior parte do tempo, enquanto a cabeça entregava-se a devaneios, em que Marialva não podia ficar ausente, o corpo era sacrificado no serviço bruto mas necessário. Aos poucos, Nicanor foi criando raiva do morro. Tanto esforço, tanta canseira, para resultado nenhum além da manutenção de tudo como sempre foi.

Com o namoro homologado pela família, passou a visitar a namorada domingo sim, domingo não. E eram essas visitas que o salvavam do desespero total. Uma janela aberta. E vingava-se das duas semanas no isolamento, falando mal do morro, pintando noites de ruídos estranhos, contando a história de Josino, botando cobras debaixo de cada folha seca no chão.

Sua intenção, ao denegrir seu morro, a pintá-lo com cores mais tenebrosas do que eram realmente, em parte poderia ser apenas uma exibição de coragem, heroísmo autoproclamado. Mas havia também um sonho ainda sem clareza, que, mesmo escondido em sua inconsciência, se aninhava na mente do rapaz: viver na várzea.

Mas apesar da confiança construída, da simpatia conquistada, continuava dormindo num dos galpões de seu Antero. E aprovava a decisão zelosa do sogro.

Um dia em que a cerração ainda mostrava o caminho sinuoso do rio, Nicanor teve uma surpresa. Ao descer ao potreiro com um balaio de ração para a vaca prenhe e outro para a Picaça, deu com um potrinho puxando para o alazão do pai suspenso em quatro pernas abertas e muito finas, uns caniços bem frágeis, com a cabeça enfiada por baixo da Picaça.

Esqueceu a vida em contemplação daquela cena. Por pouco tempo, pois lembrou-se de que no domingo seguinte estava marcado seu noivado – alianças compradas por Jesualdo no Angico. Mesmo que o potro pudesse atravessar o rio dos Sinos, e não podia, ele não resistiria quatro, cinco horas acompanhando o trote da égua sua mãe.

Era assunto que precisava resolver com urgência. Com aqueles Serafins da estrada, não podia contar – mal se cumprimentavam. A única vez em que o atacaram na frente de casa foi para pedir um favor, por sinal recusado: em matéria de dinheiro foi sempre muito conservador. Seu pai, no tempo de seu pai, teria atendido o velho Serafim. Seu pai tinha um coração que era uma flor desabrochada. Não comungava com tamanha bondade. Nunca tinham subido até a chapada, os Serafins, fama dos Teixeira era de bons na espingarda. Não que sua maldade chegasse a esse ponto, não teriam coragem de atirar em uma pessoa, mas fama é assim, depois que pega, nem com soda cáustica desgruda.

Mas não podia ficar parado. E subiu para terminar o trato dos animais. Pensava durante. Parente seu, no distrito, não se lembrava de nenhum, a não ser o Donato, que parente, parente mesmo, de sangue, não era, mas que tinha sido compadre de seu pai.

Depois de cumprir o mais urgente, calçou umas botinas velhas de andar na Pedra Azul, e se botou morro abaixo. Voltou montado num cavalo tordilho e abraçado aos bons augúrios para sua festa de noivado.

Pedras e árvores, córregos e pontes, ladeiras, de tudo tinha o retrato bem nítido na memória. Viajava sem preocupação com a estrada mais do que batida. Estranhou um pouco o trote mais seco do tordilho, mas isso só nos primeiros quilômetros. Com tudo a gente se acostuma, ele refletiu ao perceber que não estava mais estranhando. Tinha o pensamento agora todo ocupado pela imaginação: uma festa de noivado. Como seria isso, quem estaria testemunhando (Jesualdo tinha afirmado que seria a festa do ano), o que se comeria? Teria de dizer alguma coisa, como um discurso? Nem pensassem. No trote do tordilho, saltitavam os olhos negros de Marialva. Mais nada ele queria, e jurava, além dos olhos de Marialva.

Nesse embalo Nicanor assistiu à tarde escorrendo e sentiu a mudança da brisa que esfriava. Olhou o céu e sentenciou baixinho, Vai dar geada esta noite, usando uma sabedoria que era da várzea, os conhecimentos da natureza. No morro, como se dizia, o vento forte afugenta o orvalho e o pulmão da mataria não condiz com o açúcar gelado.

Puxou a rédea para a esquerda e o tordilho entendeu que era para entrar naquela estradinha mais estreita. E entrou. O candidato à mão de Marialva sentiu-se em sua casa, tão acostumado estava a passar por aquele caminho.

Mas era sábado, era a véspera, e mal teve tempo de sentar-se à mesa com a família, mastigar alguma coisa e trocar umas palavras apenas de cortesia. As moças desapareceram para cuidar dos preparativos, Jesualdo o acompanhou até o galpão, onde era mantido o quarto em que ele dormia misturado com fardos de alfafa, sacos de feijão, debulhador de milho e outros trastes que se guardam nos galpões. Então se despediram.

Na manhã seguinte, manhã do grande dia, Nicanor acordou bem tarde, pois a ansiedade impediu que ele dormisse a não ser já de madrugada. A família toda já estava nos aprontes finais, e Nicanor tomou o café sozinho, ao lado do fogão. A festa seria sua, mas estava parecendo que não haveria espaço para si. Estavam todos ocupados, cuidando cada um de se desincumbir de alguma obrigação, e o noivo não era necessário à paisagem.

Estava ainda com roupa de viagem e foi sozinho cuidar do tordilho. À beira da mágoa e da festa, levou milho e alfafa para o cavalo do seu Donato, voltou até o galpão, escolheu um balde e o encheu de água. Não havia com quem conversar. Nem Marialva dispensava-lhe alguma atenção, por menor que fosse. Saciada a sede do cavalo, Nicanor resolveu trocar de roupa, que trouxera na mala de garupa.

Estava começando a descobrir-se aborrecido quando apareceram os três irmãos: Se tu não quer ver os arranjos. Na mesma hora começaram a aparecer cavaleiros no pátio provocando seus cavalos para corcovos de exibição e foram recebidos com a alegria presumida, pois vieram para uma festa. Em seguida algumas carroças e até um Ford 1940, com seu nariz fino e o rabo comprido. Nicanor começou a encolher-se novamente, deslocado, intimidado, mas tentando fingir naturalidade, por isso ria fora de hora, pronunciava palavras sem propósito, procurava parecer um deles, daquela gente que vinha chegando.

Para cada um que botava os pés no chão do pátio, Nicanor era apresentado. Depois do terceiro, não conseguiria repetir o nome de nenhum deles. Por isso, e como não estivesse acostumado com os costumes, pareceu-lhe uma perda de tempo, uma atividade aborrecida.

O almoço ficou todo esparramado. Mesa na sala, mesas debaixo de árvores, mesas em galpões. E muita conversa, uns querendo saber dos outros, o que anda fazendo, como vai de saúde, quantos nascimentos humanos e animalescos. Nicanor percebeu que todos ou quase todos eram conhecidos entre si.

Quem comandava o serviço era Florinda, com três ajudantes contratadas, elas das famílias de peões.

Na hora dos brindes e as respectivas gritarias, todos se reuniram na sala, onde a mesa de honra, com os futuros noivos, o pai da homenageada e mais algumas pessoas gradas, como o casal de primos de seu Antero, que vieram da cidade de automóvel. Os urbanos. Terminados os brindes, o povo se espalhou pelas mesas postas em outros lugares segundo as afinidades. Farta comilança.

Almoço em meio a conversalhada com notícias que uns queriam ouvir e outros queriam dar costuma ser muito demorado. E foi. No meio da tarde quando a preguiça foi anuviando a vontade e o entendimento das pessoas, que começavam a dar pequenas caminhadas para não dormir, o almoço considerou-se encerrado.

Alguns tinham vindo de muito longe, como bem sabia seu Antero. Por isso, não esperou pelo fim do dia para convocar todos para a sala, onde a mesa, agora, estava coberta de doces e bolos, com jarras de suco fresco. Era o momento culminante, e todos sabiam disso, logo, não queriam perder a cena. Ao ver a sala entupida de gente, seu Antero bateu palmas e um lençol de silêncio cobriu o ambiente.

– Meu povo, nós estamos aqui para testemunhar um ato muito sério. Este rapaz, o Nicanor, diz que quer casar com minha filha Marialva. E aos dois eu dou minha bênção. E para confirmar a intenção deles, eu peço a eles que coloquem estas alianças que a Florinda trouxe numa almofada.

Ao enfiarem os dedos nas alianças que o pactário mostrava, se abraçaram e o povo começou uma tremenda algazarra. Alguns, de alegria; outros, de inveja. Muitos apenas por gostarem de barulho com a respectiva euforia. Ninguém mais fez discurso e o noivo não foi intimado a se pronunciar. Estava noivo, de aliança no dedo, e era só isso que interessava.

Pois nem assim, comprometido como estava, Nicanor recebeu permissão para dormir sob o mesmo teto das duas moças.

Na segunda-feira, quando acordou e enquanto se preparava para a viagem de volta, o noivo, sofrendo um frio que imobilizava seus membros, pensou que o certo, agora, seria dormir em um quarto da casa, no agasalho da casa, pois já era da família. Descontente, mas não a ponto de se rebelar. Apenas descontente.

– E TU, tu por acaso sabe quem foi que passou?

– Fomos nós que passamos.

– Mas quem somos nós?

A estrada, e Nicanor não sabe, nos últimos anos tinha sofrido mudanças por causa das chuvaradas. Em lugar de responder, o que lhe parece bem simples, pois existir independe de explicação, passa a regeira para a mulher, recomendando que apenas segure, sem puxar, e salta da carreta, tomando a dianteira dos bois. Com o céu escondido por trás das nuvens, o mundo ficou escuro, mas caminhando pela estradinha, olhando tudo de perto, é possível conduzir os bois evitando as valetas das enxurradas, os desvios de um lado e outro, as pedras enormes que nos últimos anos foram sendo desenterradas pelas águas.

Os dois filhos mais velhos pulam para cima do banco no lugar do pai, atentos ambos, abismados com as ladeiras pouco menos do que verticais, os meninos, com seus olhos muito abertos e em silêncio atemorizado.

Passam por uma chapada, quando a carreta endireita bem horizontal, mas há logo à frente uma outra subida íngreme. Ninguém fala além dos monossílabos de Nicanor dirigindo-se ao hosco e ao brasino. Os bois, apesar de sua força, já devem estar cansados, pois vinham puxando aquela carreta desde antes de o nascer do Sol. Pensando nisso, o carreteiro fala suas palavras com mais doçura na voz, como se falasse com um amigo necessitado de carinho.

Finalmente, ôôôôô e a carreta para. Nicanor sai da estrada, procurando, volta, vai até sua mulher e diz que mais não dá para subir. Muito peso e os bois cansados. A casa, dali a mais dois lances de subida. Mas é impossível chegar até lá. Além do mais, não se lembra direito do caminho. Florinda não responde, porque, a rigor, não tem opinião nenhuma respeito.

– Então – diz o marido por fim – vamos é entrar nesta chapada, que já foi uma roça de aipim.

Com o guizo no ombro, vai devagar chamando os bois que, obedecendo a seu chamado, entram na chapada.

– Mas como é que a gente vai dormir?

Nicanor já está livrando os bois da canga. Na falta de melhor estaca, amarra a corda que os prende pelos chifres em duas rodas da carreta. Não temos escolha, ele resmunga como se estivesse declarando isso para si. Sem escolha.

Ele sabe que não é certo, isso de prender os bois nas rodas da carreta. Caso se assustem, sairão arrastando a carreta como um brinquedo. Mas enfim. E não continua o pensamento. Sai quase apalpando as redondezas até encontrar antigos mourões que mantinham ali uma cerca, agora inexistente. Então amarra neles as cordas e sorri satisfeito. Substitui o cabo do cabresto por uma corda que prende na argola do buçal: o baio vai pastar a noite inteira.

– Vamos ter de dormir dentro da carreta.

Novamente no trote já conhecido do tordilho de seu Donato.

Como a Picaça não pudesse viajar por causa da cria, e apesar de um xucro mas com algumas delicadezas, Nicanor não teve coragem de pedir o tordilho emprestado outra vez antes da terceira semana. Não tinha havido nenhuma combinação selada com palavras, declaração firmada, aquilo de domingo sim domingo não passar com a namorada. Era um acordo tácito. Começou assim e o tempo sacramentou o uso. Um suposto quase pressuposto.

Os cachorros, como sempre os primeiros a saber, deram o sinal da chegada do noivo. Só seu Antero continuou nos fundos da casa trançando um relho com tiras de couro cru. Os filhos todos, cada um largando o que fazia, vieram para a frente da casa, porque num sábado, àquela hora, só podia ser ele.

Nicanor pulou do cavalo e abraçou um por um dos irmãos. Marialva estava dura e fria, estátua imóvel. Jesualdo e Florinda, depois dos abraços, sem terem previamente combinado, acompanharam os noivos até a sala e então sumiram para os fundos da casa. Sabiam muito bem o que aconteceria a seguir entre eles.

Sentaram-se não muito perto um do outro à mesa da sala. A noiva muda, provavelmente esperando que Nicanor perguntasse o que havia com ela. Ele não percebeu a intenção de Marialva, por isso perguntou o que havia com ela.

– Sábado passado me arrumei, fiz um bolo, esperei até tarde da noite, e tu não apareceu. Pensei que no domingo. O dia todo com os olhos nessa estrada e ninguém veio.

Nicanor pegou a mão da noiva, e a mão estava pesada, meio sem movimento. E fria. A mágoa de Marialva descia até seus membros, tensos, cansativos. E assim, com a mão dela presa na mão do noivo, ficaram algum tempo em silêncio. Como explicar? E se ela não acreditasse?

– Fiquei com vergonha.

A moça ergueu as sobrancelhas e encarou Nicanor. Parecia que ele estava querendo dar uma desculpa, mas como entender sua vergonha? Saboreando ainda uns restos de mágoa, Marialva não se dispunha a ajudar o desenvolvimento do assunto. Então mais tempo ainda em silêncio.

Uns restos de sol muito pálidos entravam debilmente pela porta da sala. O dia aos poucos fugia para além do horizonte, o lado de lá, e era necessária a colaboração de todos para que a noite não chegasse sem que estivessem todas as coisas à sua espera.

– Preciso ajudar – e Marialva levantou-se.

Na estrebaria, um peão enchia os cochos com que as vacas teriam o que mastigar a noite toda. Pedaços de uma torta marrom, umas tantas mandiocas, uma mãozada de farelo de aveia. Jesualdo levou um fardo de alfafa para os cavalos depois veio até o galpão para conferir os arreios, que guardava fora do alcance dos ratos. Enquanto isso, Florinda fechou a porta do galinheiro, depois de recolher mais cinco ovos dos ninhos feitos de caixotes de sabão. Marialva deixou o noivo sozinho e foi recolher a roupa que estava no varal, já seca apesar do sol fraco. Seu Antero terminou de trançar o couro para um relho e foi encher a gamela dos cachorros com restos de comida. Nicanor ficou sozinho, deslocado, porque pareceu-lhe que toda a família agora o evitava. Atravessou a cozinha a passo lento, desceu a escada e parou um tempo à espera de que alguém o visse por ali. As pessoas estavam ocupadas com os preparativos para receber a noite, e era como se ele não existisse.

Quem se livrou daquelas obrigações primeiro foi Florinda, que parou na frente do rapaz e sorriu. Na mão esquerda uma cesta pequena com cinco ovos. Um olhar muito vivo. Bonita, sim, concluiu Nicanor, mas muito criança. Quando muito uns dezesseis anos.

– O que foi que aconteceu, cunhado?

– Tua irmã. Ficou com raiva porque não vim na semana passada.

– Ah, ela é assim mesmo.

Desviou-se do cunhado e subiu para a cozinha, onde já teve de acender o lampião.

Nicanor não se decidia entre se afundar no galpão onde estava seu quarto ou voltar para a cozinha, onde Florinda preparava o jantar. Muito esperta, a guria. Os bolos que ela fazia eram a coisa mais deliciosa que Nicanor tinha comido em toda sua vida. Mas não, não podia ficar conversando com a menina enquanto os outros cumpriam suas obrigações.

O sogro brincou um pouco com um dos cachorros, o mais novo, um perdigueiro, então veio na direção da porta da cozinha e deu com o genro teso como um poste. Vamos entrar, ele convidou. Então sim, podia entrar, pois estava convidado. Um vulto passou pelo corredor com uma trouxa de roupa lavada. Era Marialva.

– Filha – gritou o pai – leva teu noivo pra sala. Vocês têm assunto a terminar.

A atitude de simpatia do velho, isso sim, irrigava o coração de bom sangue. Não demorou para que a noiva aparecesse na porta interna da cozinha e convidasse o rapaz para a sala.

– Pode me dizer vergonha do quê, tu sentiu?

Voltaram ao mesmo lugar que tinham ocupado antes, se bem que mais próximos, e com um lampião sobre a mesa, pois tinha escurecido quase de repente.

O rapaz explicou toda a situação por que passava. Disse quem era Donato, as relações que os ligavam, o rio dos Sinos que tinha de atravessar, coisa impossível para o pequeno potro, o medo de estar abusando de um parente que, na verdade nem parente era, e que estava precisando de sua montaria.

– Sabe, fiquei com vergonha do ferreiro. Não posso pedir o cavalo a cada duas semanas, não acha?

Marialva tinha digerido sua mágoa recolhendo a roupa do varal, por isso estava propensa a desculpar o noivo. Disse que sim, que entendia a situação. E depois de olharem na direção da porta para ver se não estavam sendo espionados, se juntaram num beijo de reconciliação. Vou ver com o papai alguma solução, ela concluiu o assunto.

Os dois permaneceram na sala por longo tempo. Olhando-se nos olhos e sorrindo, pronunciando palavras vagas a intervalos extensos e silenciosos. Fazendo o que entendiam por namoro, que é o exibir muito agrado a outra pessoa. Tanto agrado que se pode dizer que é amor.

A mesa posta, ouviram a voz de Florinda chamando.

A certa altura de um jantar com poucas palavras, Marialva dirigiu-se ao pai.

– Papai, o Nicanor está com o problema que o senhor conhece a respeito da égua dele. Eu estive pensando que, se o senhor me autorizar, eu empresto a ele meu lobuno, que está aí à toa.

Todos procuraram os olhos de todos. E havia um tanto de espanto com a proposta de Marialva e outro tanto de encanto com a solução que ela apresentava. Parece que à volta da mesa houve de imediato uma aprovação unânime. Às vezes ela chegava a passar mais de um mês sem arrear seu cavalo.

O velho tossiu um pouco, concordando, com a cabeça sacudindo. Quando parou de tossir, confirmou que não via inconveniente naquela solução.

– VAMOS ter de dormir dentro da carreta.

Florinda, enfiada em si mesma, calada, vira-se para o interior que é pura sombra e, apalpando, recoloca vários objetos em posições diferentes. Os filhos resmungam sua fome e ela resmunga que já vai. Da metade para o fundo ajeita lugar para três meninos dormirem. Para ela, o marido e Zuleide, Florinda prepara o lugar menos protegido, logo atrás do banco em que tinha viajado. Debaixo dele encontra a caixa de madeira com tampa presa por tiras de couro. Conhece bem seu conteúdo e com dedos que enxergam tudo, ela quebra pedaços de pão e de linguiça que distribui para seus homens.

O céu, por onde correm nuvens afobadas e rotas, de vez em quando manda alguma claridade, mas por muito pouco tempo, pois a lua logo desaparece. O céu, assim, não diz que horas podem ser. Mas cercados de mato e naquela escuridão, os ocupantes da carreta vão se espichando e adormecendo. Todos eles, se pudessem guiar os próprios sonhos, teriam uma manhã luminosa e seca, com uma estrada plana e regular para chegar a casa, que, fora Nicanor, todos têm apenas na imaginação.

Em pouco tempo, debaixo da tolda se pode ouvir apenas o ressonar da família. De todos, menos de Florinda.

A mulher mantém-se alerta, de olhos e ouvidos abertos. Os olhos não lhe servem de grande coisa, mas os ouvidos captam ruídos que desconhece, como pios, miados, os passos dos bois ali por perto, o flap-flap de asas batendo, e grilos, milhares deles. Por fim já identifica o vento nos galhos das árvores: um chiado.

Antes da morte do pai, não conseguiria imaginar-se dormindo dentro de uma carreta cercada de mato por todos os lados. Bem que tentara evitar esta mudança, com brigas e ameaças, com choro e gritos desesperados. Por fim, na falta de outra solução, endureceu-se para embarcar. E dura sente-se agora, mordendo os próprios dentes, odiando seu destino.

Chega a pensar em remorso e arrependimento, mas não voltaria um passo em tudo que tem feito. Criada na fartura, vê-se agora na miséria. A infância e a adolescência passadas na amplitude dos campos e lavouras eram coisas do passado, e Florinda não olha para trás. Se a solução é o alto de um morro coberto de mato e pedras, se é só isso que o homem que escolheu pode lhe dar, construirá o resto de sua vida cercada de mato no alto de um morro.

O grito de um curiango assusta Florinda, que aperta ainda mais os dentes e fecha os punhos. Saberá defender-se das ameaças, aprenderá um novo tipo de vida. Jamais se rebaixará a pedir ajuda ao irmão. Para Jesualdo ela desejava todos os males existentes no mundo.

As horas passam, os ruídos diminuem. Por fim, já de madrugada, Florinda adormece.

Segunda parte

Com a posse provisória do cavalo lobuno, animal fogoso, estradeiro, recompôs-se o costume das visitas quinzenais. De certa maneira, muitas vezes Nicanor se lembrava, este cavalo é meu. Se vai ser meu em pouco tempo, não tem por que pensar que é um empréstimo. Na ferraria do Donato, no armazém do seu Eugênio, em toda aquela baixada elogiavam o rapaz do morro que agora tinha uma égua com cria e um cavalo dos mais lindos, um cavalo quase azul, com patas finas e marchador, mas que numa raia deveria ser uma ventania. Tudo sorte que lhe trouxera o noivado. Alguma inveja sempre acontecia, e houve até quem levantasse a calúnia de que aquele era um cavalo roubado num município distante.

Nos sábados, Nicanor fazia questão de chegar bem cedo à casa da noiva, por isso já conhecia de cor as principais estrelas. Ele era um rapaz um tanto tosco, mas muito esperto para assimilar os modos diferentes, palavras desconhecidas e as delicadas fórmulas de cortesia. O que via fazerem, ele fazia também. Com tal espírito, procurava passar o máximo de tempo com a família da noiva, para aprender e para ajudar. Trazia sempre uma roupa domingueira na mala de garupa, incluindo umas botinas de não sujar.

Marialva, imbuída também daquele espírito colaborativo, tratou de melhorar o quarto do noivo no galpão. Com sacos, fardos, caixotes e outros objetos, ela construiu uma meia-parede, para que o rapaz se sentisse protegido e isolado. Até uma bacia esmaltada ao lado de uma jarra com água ela tratou de arranjar perto da cabeceira. Se o colchão de palha de milho não era dos melhores, pelo menos não machucava as costas de seu amado. Um travesseiro com plumas de taboa e o edredom com penas de pato, isso foi o maior luxo que ela conseguiu. O ninho.

Não agradecia com palavras galantes porque ainda não tinha aprendido, mas bem que Nicanor notava aqueles agrados e ficava agradecido. O problema eram as palavras para expressar aquele sentimento.

No primeiro sábado de dezembro, logo depois de o Sol aparecer, Nicanor gritou "ô, de casa". Em seguida pulou do lobuno no chão. Tinha madrugado, pois sabia que o esperava um sábado de muito trabalho. Sua cunhada, Florinda, estava completando dezessete anos, e a festa, no domingo, prometia ser bastante agitada. Era assim, aquela menina: cheia das vontades. E aniversário, que naquela casa passava sem muito alarde, assumia outra importância por tratar-se da caçula.

Durante a semana, para surpresa da família, só foram encontrar farinha de trigo e açúcar numa vendinha esquecida na beira de uma estrada, muito longe de casa. Mesmo assim, em pequena quantidade. Mas festa de aniversário sem bolo não é festa. Percorreram os quatro pontos cardeais até encontrarem os ingredientes. Racionamento de guerra, comentavam alguns, os mais bem informados. Mas além da notícia de alguns rapazes do município, que haviam sido convocados, a guerra não chegava àquelas regiões de quase nenhum espírito de nacionalidade.

Marialva veio dos fundos, dos varais atrás dos galpões, com um balde vazio na mão. Veio com sorriso exposto e abraçou seu noivo. Então conferiu seu cavalo, que lhe pareceu bem tratado. Os cachorros, que já não ligavam muita importância àquele rapaz, que aparecia com tanta frequência, mesmo assim vieram abanando os rabos e arreganhando os dentes. Os outros todos Nicanor só foi encontrar depois de algum tempo, ocupados com as providências como estavam.

Sozinho na armação de uma tenda de lona, ao lado da casa, Jesualdo estava encontrando dificuldade. Nicanor chegou rindo, dizendo que conhecia muito bem a situação: segura uma ponta e a outra se solta. Os dois se cumprimentaram e começaram a fixar, primeiro, as travessas que deveriam sustentar o pano. A extensão exagerada dificultava o serviço, pois era necessário que se fizesse tudo muito reforçado para não desabar. Marialva passou puxando seu cavalo para soltá-lo na mangueira.

– Que exagero é esse? – ela gritou rindo, mas achava que estavam exagerando de verdade.

Até perto do meio-dia a correria foi grande, mesmo com a ajuda de dois peões e suas famílias. O forno de tijolos não parava de funcionar. Várias vezes tiveram de fazer brasas dentro dele. Assava-se pão, bolo, batata-doce, carnes, tudo sob o comando da aniversariante. Amanhã ninguém mais trabalha, ela havia decretado.

Quase meio-dia quando chegou o automóvel com os parentes da cidade: um primo com a esposa e o casal de filhos.

Por isso o almoço foi servido na mesa da sala: seu comprimento.

O primo chegou excitado, a cabeça de cabelos ralos lotada de notícias. Ninguém mais falou enquanto comiam. Que sim, o Brasil havia rompido as relações diplomáticas com os países do Eixo, mas ainda não tinha resolvido participar diretamente da guerra. Ah, claro, escassez de muita coisa, inclusive de combustíveis. Na cidade já se viam caminhões movidos a gasogênio.

– Olha aqui, e quem tem moeda e cédula de mil réis, é bom que se apresse a trocar pelos cruzeiros, quando eles aparecerem. Logo, logo os mil réis não vão mais ser aceitos. Não, ainda não, mas vai demorar muito pouco.

O primo era um homem urbano, com informações e conhecimentos, por isso, tratado como príncipe, com regalias e muito respeito.

À tarde já não havia quase nada a providenciar. As pessoas passeavam pelos arredores, contemplavam o automóvel, conversavam à toa. O primo ofereceu um passeio até um pedaço da estrada para quem quisesse. E todos quiseram. Seu Antero foi o último a desfrutar daquelas comodidades, em compensação foi quem passou mais tempo passeando. O primo quis mostrar como andava agora o mundo e levou o velho até o Angico em menos de meia hora. Isso sim, que beleza! Seu Antero, apesar do susto com a velocidade, estava fascinado. Um dia ainda compro um, declarou ao primo.

– Assim anda o mundo – solenizou ao chegar em casa e antes de descrever a viagem que tinham feito.– Um instantinho – ele completou.

Por fim, o dia querendo se esconder, chegou a hora dos banhos. Esquentou-se água, encheram-se bacias e o aroma de sabonete ficou parecendo o cheiro natural da casa e arredores. Nos galpões, nos quartos, onde quer que houvesse um lugar com privacidade, ali se tomava banho.

Já estava escuro quando as pessoas foram aparecendo com cabelo molhado, roupa limpa e corpo perfumado. Estavam todos muito alegres e mais que todos estava alegre a aniversariante.

Depois do jantar, nove pessoas em volta da mesa, continuaram as conversas sobre a guerra, o governo, os preços dos produtos agrícolas, o estado das estradas e algumas maledicências familiares, em geral a sobremesa dos assuntos.

Quando o primeiro bocejo interrompeu uma conversa, seu Antero se levantou.

– Bom, minha gente, acho que precisamos descansar um pouco.

Os da casa procuraram seus quartos, a família do primo ocupou o quarto dos hóspedes, adaptado às quatro pessoas, e Nicanor, com um lampião, atravessou a faixa de pátio e entrou no galpão: seu quarto.

Não estava propriamente raivoso, na hora de deitar-se, talvez enciumado, isso sim. Aquela gente vinha da cidade antes da festa e se tornava o centro de todas as atenções. Era um sentimento incômodo, aquele, de ter sido empurrado para a margem, por isso Nicanor demorou para fechar os olhos, pois era preciso mastigar um pouco daquele fel para poder engolir o despeito.

Havia mais de um galo cantando no galinheiro, lá perto da estrebaria. O mundo todo não ouvia outra voz. Impossível saber a hora, a hora exata, mas não havia dúvida de que já passava muito da meia-noite. Nicanor sentiu que algo se movia perto dele, ou mesmo encostado nele e abriu os olhos.

– Sou eu – cochichou Florinda, reconhecida pela voz.

Sem dizer mais nada, a aniversariante enfiou-se por baixo do edredom de penas de pato e, com as duas mãos, procurou o rosto de Nicanor, seus lábios, para então beijá-lo com fúria, um modo meio selvagem de beijar. Surpreso, o rapaz ficou sem reação, mas aos poucos foi entendendo o que se passava e um tesão incontrolável e ao mesmo tempo culposo evitou que qualquer pensamento lógico fosse concebido. Agora era o animal quem decidia as atitudes com sua ausência de moralidade.

Florinda despiu-se da camisola e, deitada como supunha ser a posição adequada, recebeu o corpo com que era coberta e seu sangue disparou quente por todas as suas veias. Ela podia ouvir as pancadas do próprio coração. A respiração de Nicanor tornava-se acelerada. Por fim, deitados lado a lado, ofegantes, descansaram por alguns minutos.

– Agora eu tenho que ir.

A aniversariante vestiu novamente a camisola e, silenciosa como tinha chegado, ela se foi.

ALGUNS sinais, os primeiros, não foram percebidos. Distraído cada um com suas ocupações, olhos e ouvidos selecionando os objetos de sua captação, os sintomas de Florinda diluíam-se no ramerrão dos dias quase sempre meio iguais.

Fins de março, outono amarelado, estavam todos de alguma forma envolvidos com as colheitas. Carroças chegavam e saíam, sacos e fardos, o ruído metálico das debulhadoras, conversas e gargalhadas, as pessoas não tinham tempo para prestar atenção ao que acontecia com Florinda.

Quem primeiro achou estranho o volume da barriga de sua irmã foi Marialva. Mas manteve-se algum tempo calada. Apenas estranhou.

Quando a caçula pediu para trocarem de atividade, elas duas, Marialva se inquietou. A vida toda o prazer da irmã tinha sido a cozinha: forno e fogão. Que estava com vontade de trocar. Cuidaria da roupa em lugar da comida. Marialva aceitou a troca e, desconfiada, começou a prestar mais atenção na irmã.

Café da manhã pela metade, Florinda saiu bruscamente da mesa e sem nada dizer desceu quase correndo para o quintal. Marialva não esperou muito tempo e foi atrás. A irmã contornou um dos galpões, despareceu atrás de uma sebe de tuia e, quando Marialva espiou por cima da cerca viva, ela vomitava tudo que havia comido.

As duas se olharam com olhos duros, pontiagudos, e já havia um princípio de ódio em seu olhar. Marialva se aproximou da irmã, segurou-a com suas garras pelo braço e ordenou que Florinda sentasse em cima de uma pedra. Vai fugir não, e Marialva apertou ainda mais o braço da outra.

– E agora tu vai me dizer o que anda acontecendo.

– Acontecendo nada, ora.

E novamente tentou livrar-se das garras que machucavam seu braço.

– Não pense que sou boba, Florinda. Já faz bastante tempo que eu venho te observando. Vai contar tudo e é agora.

– Tu não tem nada a ver com a minha vida.

– Tenho mais do que tu imagina. Vai, desembucha logo, que tenho mais o que fazer.

A manhã parecia estar nascendo muito velha. A paisagem por trás dos galpões e até mesmo no pomar que se iniciava ali mesmo, depois da sebe de tuia, tinha ficado desbotada: sem brisa, sem o pipilo dos pássaros, sem nenhum sabor. Manhã velha, isso sim.

Florinda, com um solavanco, tentou desprender-se, mas não conseguiu.

– Me larga, bruxa desgraçada.

A mão livre de Marialva estourou um tapa no rosto da irmã, que se pôs então a chorar. A irmã noiva começava agora a gritar, Fala, infeliz, fala o que está te acontecendo. Florinda, gritando, também respondia, Me solta, desgraçada, me solta!

Os três cachorros foram atraídos pela gritaria e vieram latindo para ver quem gritava daquele jeito tão incomum.

– Tu está é grávida, sua puta.

– Estou e não é da conta de ninguém.

Por causa do alvoroço de que até os cachorros participaram, Jesualdo e o pai também vinham atravessando o pátio na direção dos fundos dos galpões.

– Pois então vai dizer quem é o pai.

– Ninguém tem nada com isso.

– Foi o Nicanor, não foi?

Não era nada difícil deduzir a paternidade. Uma casa sem vizinhos, que só recebia uma visita periódica, de homem, Marialva pressionou mais a mão no braço de Florinda.

– Foi ele, sim.

Ante a confirmação da verdade que era apenas uma suspeita, Marialva soltou o braço com manchas roxas, botou as mãos no peito, em cima do coração e começou a gritar e chorar desesperada, Ai, meu Deus, ai meu Deus, que horror, vontade de morrer, meu Deus.

O pai e o irmão apressaram o passo, intuindo uma tragédia. Ao contornarem a sebe encontraram as duas em choro e gemidos, como se alguém tivesse morrido.

– O que é que está acontecendo? – gritou seu Antero.

Marialva tentou explicar-se, mas não conseguia falar. Florinda fez um movimento de quem fugiria dali, mas Jesualdo a fez sentar onde estava.

– Pai – palavras aguadas – esta desgraçada engravidou do meu noivo.

– Como?!

E o berro de seu Antero subiu dos intestinos, arranhou a garganta e explodiu na boca como um suicídio.

Estranho lugar para um encontro assim barulhento, os cachorros não paravam de latir, insistentes, como se pedissem alguma explicação. Jesualdo deu um chute na barriga de um deles, que fugiu ganindo para a frente da casa. Os outros dois se acalmaram, mas rosnando ao longe, com alguma raiva.

O velho dirigiu-se à sua caçula.

– E tu, criatura, vai para o teu quarto e não me saia de lá sem que eu ordene. Anda, some da minha frente.

Florinda abaixou a cabeça e desapareceu do outro lado da sebe dirigindo-se para a porta da cozinha.

– Que desgraça – resmungava o pai – que desgraça.

Jesualdo, o que menos barulho vinha fazendo, tomou a palavra. Que Nicanor tinha manchado a honra da família, ele repetiu várias vezes, com o intuito de intensificar a ideia. Não pode mais ter qualquer consideração. Tratado como um cachorro, um bandido, isso sim é que ele merecia.

Marialva voltou a soltar o choro, enlutada, depois de ouvir o irmão. Um bandido, ela confirmava. Um bandido. Se aproveitou de uma menina, uma desmiolada, mas ainda uma criança.

Os três fizeram uma longa pausa, ouvindo-se apenas o choro da noiva. Por fim, seu Antero sentenciou:

– Uma criança, mas vai ter de casar com ele.

– Não concordo, meu pai. Vai botar um bandido dentro da família.

– O que tu acha que é melhor, aceitar o rapaz na família ou ver a desgraça da tua irmã solteira com um filho?

Novo silêncio cortado apenas pelos soluços de Marialva.

– Eu não sei o que é pior nem o que é melhor, mas minha amizade este bandido nunca mais vai ter.

De pé com sua altura na porta da sala, um rosto nublado, foi seu Antero que o recebeu. Nicanor apeou-se do lobuno, amarrou o cabo do cabresto num palanque e se dirigia para a escada, mas o sogro já vinha descendo.

– É melhor não entrar por aqui. As pessoas não querem te ver.

As pernas de Nicanor começaram a tremer, suas mãos vertiam um suor frio, pois percebeu de imediato que fora descoberto. Muitas vezes neste último trimestre sentira aquele gelo por dentro da barriga, os lugares internos, ao pensar no que acontecera no aniversário de Florinda. Mas se recompunha, alimentando a esperança de que nada seria descoberto. Ficou parado, o chapéu na mão, sem ideia do que dizer ou fazer.

A vergonha é um sentimento que se manifesta fisicamente nos olhos. Eles fogem para os lados, aos saltos, e se recusam a qualquer confronto, não conseguem se fixar em nada quando em face do objeto de sua vergonha. Nicanor gostaria de não estar ali, preferiria estar sozinho em seu morro, sem testemunhas de sua falta. Lá era o rei, podia gritar ou calar, podia fazer ou não fazer. Lá determinava o bem e o mal e ninguém o acusava de nada.

– Nós precisamos ter uma conversa. Venha comigo.

O jovem olhou para o cavalo preso pelo cabresto, como se com ele pudesse protelar a conversa.

– Depois tu cuida disso.

E o velho partiu na frente até o local onde ficara sabendo dos fatos que envolviam sua caçula. Quase certo que a escolha do local presumia a intensidade da emoção. Nicanor o acompanhou, agora apreensivo por causa do estranho lugar. Na mesma pedra em que encontrara Florinda sentada no dia das revelações, ele convidou o rapaz a sentar-se.

Depois de contar tudo que sabia, e sabia o suficiente para exigir o que quisesse, seu Antero não fez pausa nenhuma e exigiu:

– Tu sabe muito bem o mal que causou a uma família séria. Tenho agora em casa uma menina de dezessete anos prenha e isso desgraça com nossa honra. Não quero viver de cabeça baixa, sem coragem de encarar meus parentes e meus amigos.

Houvesse por ali uma cova funda, qualquer jeito de desaparecer, sem relutância Nicanor teria se jogado, mesmo que fosse para sumir deste mundo. A voz pausada, sem os gritos insultuosos que esperava, a calma com que aquele velho desenrolava a tristeza de um homem desonrado, isso tinha o poder de arrastar o rosto do noivo pelo esterco do chiqueiro, a ponto de sentir um trapo de um ser acanalhado. Mas o que poderia fazer?

– Só existe uma maneira de corrigir tudo isso: tu casa e é muito logo, com a Florinda. A Marialva ainda é moça, é bonita, vai arranjar um marido muito melhor do que tu.

Bem, pensou Nicanor alentado, nem tudo está perdido. Seu rosto, depois de arrastado pelo esterco dos porcos, começava a recompor-se naquela bacia de água limpa. Com toda a inabilidade no trato com as pessoas, declarou que gostaria de conversar com Florinda, saber se era de seu gosto, enfim, conhecer sua opinião.

– Quem quer aqui sou eu, rapaz. Vê se entende: a guria não tem querer. Ela escorregou e caiu. Agora faz aquilo que eu quiser. E tu, Nicanor, tu só vai encontrar outra vez a Florinda o dia que me vier aqui com o dia do casamento marcado no cartório. Antes disso, esta casa não tem mais portas abertas para ti. Os irmãos da guria não querem mais te ver por aqui. Eles queriam te mandar embora ainda hoje, mas seria um absurdo viajar à noite, eu disse a eles, ainda mais com este cavalo cansado. A Marialva me pediu que desse a ela outro cavalo. Esse lobuno ela não quer mais. Está à venda. Fala isso e chora, mordendo as próprias mãos, coitada.

O noivo estava sem vontade de empinar a cabeça e se despediu do sogro sem encará-lo. Só quando o velho tomou o rumo da cozinha foi que ousou observá-lo pelas costas. Levantou-se e foi soltar aquele cavalo da ex-noiva, como tinha sido instruído. O outro animal, um baio com cara de velho e sonolento, já estava na mangueira como seu Antero tinha explicado. O lobuno seria vendido. Se tivesse dinheiro, o rapaz refletiu, comprava este cavalo.

De volta da mangueira, parou um instante no pátio atrás da casa. Parecia um túmulo, toda fechada, imóvel, sem produzir som de seres viventes. E lá dentro, a filha mais velha sofrendo os horrores da vergonha e da humilhação. E sentiu-se então culpado pela situação em que Marialva agora vivia. Era uma casa coberta de luto, dentro dela todos estavam sofrendo. Afagou a cabeça de um dos cachorros e entrou no galpão onde deveria dormir mais uma vez.

Na entrada do galpão, encontrou o lampião do costume e uma caixa de fósforos. A seu lado, um prato com uma batata-doce cozida e um pedaço de carne. Coisas de seu Antero. Pensando bem, concluiu, o sogro lhe queria bem. Apesar do erro que tinha cometido, abusando da confiança da família, falta sua que trouxera a tristeza para aquela gente alegre. Apesar de tudo.

Ainda que um pouco cedo, sozinho e sem ter com que ocupar tempo, Nicanor estirou-se sobre a cama. Uma posição em que não precisava ocupar o pensamento, era agora deixá-lo solto, sem controle de nenhuma moralidade. E solto assim, desenfreado, sorriu ao descobrir, entre outras alternativas de futuro, uma solução inesperada. Ninguém daquela casa sabia o lugar onde morava. Sumia para seu morro, com cavalo e tudo, e nunca mais aparecia por ali. Construiria sua vida de modo diferente, longe daquele povo, onde não tivesse de se humilhar, e pudesse olhar para os olhos de todos.

Não chegou a elaborar um plano, ele, com uma vida toda montada de improviso, mas curtiu por alguns minutos a sensação causada por lances independentes daquela liberdade entrevista. A não ser que, e então piscou várias vezes, alguém fosse ao cartório de Angico, com seu nome, aí descobririam fácil o morro do Caipora. Seu Antero tinha em casa uma filha com filho para nascer. Ele queria um pai para seu neto, claro. E ao pensar em seu Antero, sua testa e suas mãos minaram suor abundante. Um homem como aquele não merece uma vilania como se propunha.

Mas valeria a pena manter-se o resto da vida preso ao pagamento por uma falta de alguns minutos de prazer? Bem, não deixava de ser uma falta, entretanto com a consequência de ter gerado um novo ser. Se Florinda não tivesse acordado tarde da noite, atravessando a casa no escuro e com pés de veludo, se ela não tivesse atravessado o pátio em silêncio e silenciosa penetrado no galpão, indo esconder-se debaixo de seu edredom, se não tivesse oferecido sua virgindade ao defloramento, meu deus, ele pensou, mas a culpa é toda dela. Ela que pague pelo que fez. Eu não tenho por que pagar coisa nenhuma.

Os cachorros correram com barulho para os fundos, o campo depois da mangueira. Perseguiram algum bicho, provavelmente, como gostavam de fazer, sua alegria.

Florinda não te forçou a nada, foi a ideia que se imiscuiu no meio de suas reflexões. Além disso, uma criança, e com um rosto belo, um corpo de mulher já bem formado. Então, por que recusar-se a esse casamento?

Brincando de se agredirem com mordidas, os cachorros voltaram depois de algum tempo. Provavelmente estavam satisfeitos com a perseguição. Em pouco tempo se aquietaram, deitado cada um em algum lugar de costume. O silêncio aumentou a escuridão.

Sim, casaria com Florinda, diminuindo a desonra daquela família que o havia acolhido com tanta deferência. E isso, a despeito do ódio que agora lhe devotavam Jesualdo e Marialva.

Já muito tarde, madrugada a meio, Nicanor descobriu que não conseguiria dormir, ainda mais com a preocupação de deixar aquela casa antes de que lá dentro alguém acordasse, como tinha recomendado seu Antero. A noite era de lua, e o rapaz levantou-se, acendeu o lampião para localizar freio e arreios. Protegido pelos cachorros, que lhe fizeram festa, foi até a mangueira e, depois de algumas desconfianças mútuas, conseguiu encilhar o baio.

Saiu a passo para não acordar a família, mas já descendo pela estradinha experimentou o trote do cavalo.

Domingo de manhã estaria em casa no alto do morro.

Deixou o cavalo no palanque para dorminhar, como gostava. Até já estava acostumado com aquele baio, seu trote seco. Chegou a pensar em soltá-lo no piquete, mas não fazia ideia do tempo que levaria a cerimônia e resolveu mantê-lo ali perto. Apesar da porta aberta do cartório, ninguém havia chegado. Faltava ainda algum tempo para a hora marcada. Isso de hora exata não fazia parte dos costumes de Nicanor. No alto do morro não se necessitava o nome de hora nenhuma. Conhecer o Sol, suas posições no céu, isso era suficiente. Tempo eram as luas e as posições do Sol. Começo, meio e fim do dia. Tempo do frio, do calor, da colheita e do plantio. Ele caminhou pela calçada olhando para os lados de onde viriam as pessoas. Tinha de caminhar, pois a ansiedade roía suas vísceras. O movimento era um alívio. Quando achou que já tinha ido longe demais, deu meia volta e veio pisando sobre seus passos. A toda hora virava a cabeça para conferir quem se movia na estrada.

Entrou no cartório e perguntou as horas. Informado de que faltavam apenas uns minutinhos, saiu para a rua e foi esconder-se atrás do cavalo, para ver sem ser visto. Tirou o chapéu para coçar a cabeça, afagou o pescoço do animal que, mesmo emprestado, já lhe cativara a amizade.

No fim da curva, assim de repente, um homem e uma mulher montados, chegando como quem vem de longe. Trote moroso. Só os dois, e os reconheceu. Seu Antero e sua filha mais nova, a Florinda. Ninguém mais.

Amarrados seus cavalos ao lado do baio, eles vieram para os cumprimentos. Nicanor fez gesto de abraçar o sogro e o abraçou, então espichou o braço e deu a mão para Florinda apertar. A primeira vez que a via depois da confissão de sua gravidez. O rosto estava mais redondo, os peitos intumescidos, com bom volume, e o ventre querendo romper o vestido.

Era fim de maio, e os primeiros frios do inverno que vinha a caminho obrigavam as pessoas a usar roupas mais grossas, mais fechadas, e era assim que os dois viajaram. Como bagagem, traziam capas de frio e chuva nas malas de garupa.

Nicanor não sabia se olhava para o sogro ou para sua filha. Estava gelado de emoção apesar do sangue fervendo nas veias. Estava uma mulher, uma linda mulher, a menina que deveria ser sua cunhada. Olhava seu rosto de relance, para não ser acusado de abuso e desrespeito por seu Antero. Chegava a fingir que nem olhava para ela, como se para ele sua presença fosse indiferente. Mas não resistia disfarçando por muito tempo. De relance enquadrava o rosto e o ventre de Florinda. De raspão. Mas não ficaram ali parados muito tempo, depois de amarrarem os cavalos ao lado do baio. Estava na hora de entrar.

O juiz de paz era um dos filhos do escrivão, com jeito de não ter passado muito dos vinte anos. Quando o rapaz começou com as perguntas, Nicanor teve vontade de rir, pois um vivente assim como ele, que nem barba tinha, fazendo perguntas, dava a impressão de uma brincadeira, um faz de conta. Os dois, Nicanor e Florinda, responderam a todas as perguntas convenientemente, e, por fim, disseram que sim.

O escrivão já estava com os assentamentos feitos. Documentos dos nubentes, proclamas e taxas, tudo tinha sido providenciado pelo noivo. O tempo de duração da cerimônia foi tão curto que Nicanor pensava estar começando quando o escrivão entregou-lhe o documento.

– O senhor agora é um homem de respeito.

Alguns risos descoloridos e o rosto duro do pai da noiva foram a resposta ao dito do escrivão. Um homem de respeito. Despediram-se, montaram em seus cavalos e mergulharam no sábado que recém começava.

Poucas palavras durante a viagem. Nem havia necessidade delas. Os arranjos todos já tinham sido feitos. Não sem problemas, uma vez que o casamento da irmã tinha enfurecido os irmãos mais velhos.

Quando Jesualdo soube que o pai pretendia instalar Florinda com seu marido na casa há pouco tempo deixada vazia por um dos agregados, que se fora para sua terra, pediu uma entrevista formal com seu Antero. A conversa começou com calma e respeito, com argumentos nervosos sobre traição da confiança, desonra da família, todos previamente decorados para uma reunião na sala, e outros menos graves, uns argumentos de cozinha. O pai ouvira calado, o ar sério de sua natureza, até Jesualdo dar-se por satisfeito.

– E tu pensa que vou deixar minha filha sair por aí passando necessidade como uma qualquer?

A partir desse ponto, a reunião entrou na segunda fase: os gritos eram ouvidos por toda a casa. E nós, o rapaz gritava, não somos teus filhos também?

Não houve grito ou palavra que demovesse o velho de sua decisão. O casal viria morar naquele fundo de fazenda e teria seu território para trabalhar e sobreviver. Ao saber daquela solução, Marialva chorou uma semana inteira, debaixo do Sol ou sob a Lua. Às vezes descansava um pouco para recomeçar seu choro de ofendida. O irmão tentava consolá-la atiçando-lhe ainda mais o ódio. O pai, por sua vez, usava de palavras doces e de esperança para consolar a filha mais velha.

Na metade do caminho foram atacados por um chuvisqueiro frio e tiveram de parar debaixo de uma guajuvira na beira da estrada para se protegerem com as capas. Montaram novamente e seguiram viagem. Havia bastante estrada para percorrer.

Os três, cada um com suas razões, continuaram calados como vieram até ali. Não era de tristeza o clima entre eles, mas de constrangimento. O jovem casal se comportava como se fossem estranhos um ao outro. Não queriam, os dois, causar maiores dissabores ao velho. Mesmo sem terem combinado, eles se comportavam de forma a não parecer que entre os dois tivesse havido qualquer tipo de relação fora dos bons costumes, aqueles socialmente aprovados.

Por volta de uma hora mais tarde, saíram da estrada real entrando pela estrada mais estreita da fazenda. Pouco mais de um quilômetro além, seu Antero parou e indicou o caminho por onde o casal deveria seguir, evitando passar pela sede da fazenda.

– A menina conhece bem estes caminhos todos. Vão, meus filhos, e que Deus lhes dê felicidade. Eu perdoo vocês.

Menos de meia hora depois, e ainda em silêncio, o jovem casal estava entrando na casa que durante alguns anos estivera abrigando um dos agregados da fazenda. Florinda, que se encarregara dos arranjos da casa, e recebera do pai as instruções sobre ferramentas e território onde trabalhar, tratou de abrir janelas e portas dando vida àquela casa. Nicanor foi cuidar dos cavalos, mas em pouco tempo estava de volta. Da porta ficou ainda apreciando um tempo o aspecto da sala, com móveis novos, toalhinhas bordadas com bordas de crochê.

Enquanto olhava seu novo lar, Florinda apareceu na porta da cozinha, e Nicanor sentiu-se embaraçado. Não sabia o que dizer à esposa, com quem, desde que começara a frequentar sua casa, mal tinha trocado uma dúzia de palavras.

Foi Florinda quem quebrou o silêncio constrangido.

– Gostou?

E o marido sorriu com olhar embevecido. Sim, disse ele, tudo muito bem arranjado.

– Nossa casa parece um palácio – ele respondeu.

Só então, no meio da sala, seus corpos se encontraram e suas bocas se procuraram.

E agora com a aprovação da sociedade. Estavam casados. Sem cerimônia religiosa, como teria preferido o pai, mas no estado em que estava Florinda isso já seria impossível.

ENTRADA da primavera, tempo ainda um pouco frio, mas bom de sol, sem exagero de chuvas. Nicanor enterrou a enxada com o cabo apontando o céu. No dia seguinte terminaria a limpeza do milho. Amassou com o pé a terra que cobria a ferramenta para que ficasse firme. Olhou em volta as espigas exibindo seus cabelos e sentiu-se feliz. Era este o sonho: trabalhar na várzea, onde a terra fosse mãe fértil. Aquele milharal todo embonecando era o resultado de seu trabalho, seu prêmio.

Era fim de setembro e Nicanor, desde sua chegada àquele pedaço de terra cedido pelo sogro para seu sustento, saía para suas plantações com o céu ainda estrelado. E voltava assim, o Sol apalpando os morros mais próximos. Em pouco tempo, a colheita.

Depois de se livrar da terra que trouxe da roça no corpo, Nicanor entrou na cozinha sem entender o que acontecia com Florinda. Sentada à mesa, a cabeça deitada sobre os braços, a mulher gemia. Quando chegava perto para perguntar o que acontecia, ela endireitou o corpo sorrindo.

– Passou.

– Já está na hora?

Florinda apenas sacudiu a cabeça, que sim, e explicou que as contrações aconteciam a intervalos cada vez menores. Sem esperar outras explicações, o homem correu ao galpão, pegou o freio e foi atrás do baio, que, por causa da hora, já estava perto da cancela na companhia de uma vaca. Sem ao menos um baixeiro, Nicanor pinchou-se para o lombo do cavalo e saiu em disparada. Ela deveria ter avisado que estava chegando a hora. Mas no estado em que estava podia ser perigosa aquela caminhada até a roça. O cavalo não afrouxava o galope. Bem, o melhor é não pensar.

O sol já fora substituído pelas sombras quando ele chegou com a parteira, que vinha numa charrete.

A mulher, com sua prática dos anos, embarafustou-se pela cozinha e foi parar no quarto, onde, deitada na cama, Florinda gemia.

– Vai fervendo água, meu filho. Até encher a maior bacia que tiver.

O tempo corria mais do que um relâmpago, e Nicanor tratou de acender o fogo no fogão, e, enquanto as achas maiores não incendiavam, tratou de encher duas panelas com a água dos baldes, que trouxe do poço.

No quarto, as duas mulheres faziam barulho, principalmente a parteira, que recomendava calma à parturiente, mas que fizesse força. Mais força, que ele já está saindo.

Nicanor entrou no quarto com a bacia e dona Clotilde enfiou a mão na água.

– Quer cozinhar teu filho? Meio balde de água fria – ela ordenou – e rápido que o nenê já apareceu.

A água foi temperada pela mão livre da parteira. Então ela expulsou o pai do quarto.

Parição não tinha mistérios para Nicanor. Animal e vegetal. Estava assombrado, entretanto, por se tratar agora de um parto humano. E mais que isso, um parto com sua cumplicidade: uma coautoria. Fechou a porta do quarto, como tinha pedido a mulher, e sentou-se numa cadeira da sala. Em seguida ouviu o vagido e a voz da parteira: É homem.

Modesto, Nicanor lembrou-se das conversas com a mãe, se mulher ou se homem. Modesto. Não pelo sentido da palavra, que lhes era oculto, mas pelo som, de que se agradaram bastante. Sem divergência.

Um parente com nome, na ideia do pai, deveria servir de motivo para uma aproximação dos tios, talvez até uma reconciliação. Encilhou o baio e, enquanto a parteira completava seu trabalho, saiu a galope na direção da sede da fazenda, na hora em que os três estavam à mesa jantando. Sem apear, ele gritou:

– Seu Antero, seu neto nasceu.

E não esperou resposta, que era uma questão de orgulho. Expulso daquela casa, tratava de agir como exilado. Estava disposto a uma reconciliação, mas o primeiro gesto não partiria dele. Os cunhados, se dessem algum sinal de que apagavam o passado, seriam bem recebidos: uma festa. Mas dele não esperassem a humilhação de baixar a cabeça pedindo perdão. Isso jamais.

Poucos minutos depois de ter soltado o baio no pasto e guardado no galpão os apetrechos de montaria, ouviu o rumor de um galope. Entrou em casa e soube de dona Clotilde que estava tudo bem. O nenê já estava dormindo ao lado da mãe. E agora ela precisava se despedir. A noite estava escura. Terminava de se despedir da mãe no quarto e do pai, na porta da cozinha, quando um homem se jogou do alto de um cavalo de pé no chão.

– Então, dona Clotilde, é verdade que já tenho um neto?

– Pode festejar, seu Antero, que é um menino grande e pesado, e nasceu com muita saúde.

Já no quarto, depois de saber o nome escolhido, seu Antero fez careta com os olhos e a boca e disse que não era muito do seu agrado tal nome. Que ia sugerir o nome de Breno, por causa do seu avô, que tinha fundado a fazenda, ainda no século anterior.

– Ah, pai, mas a gente já escolheu! Quem sabe o próximo.

Sogro e genro se olharam sorrindo. Falar em próximo era dar rumo certo ao futuro, uma espécie de garantia. Para eles, que viviam num presente instável, sem saber como seria o dia seguinte. Jesualdo e Marialva, mesmo sabendo do nascimento de um sobrinho, recusaram-se a aparecer. Os rancores em carne viva.

Com a voz quebradiça de quem acabava de parir, como se lhe faltasse o ar, Florinda murmurou para o pai que estava com saudade dos irmãos. Seu Antero baixou a cabeça, olhos fixos no recém-nascido.

– Por enquanto não, minha filha. Aqueles dois ainda não te perdoaram. Não adianta falar com eles. Estão fechados para qualquer palavra a teu favor.

Nicanor deixou pai e filha conversando e foi para a cozinha preparar a canja como a parteira havia ensinado. Durante a temporada em que vivera sozinho no alto do morro do Caipora, ele havia desenvolvido algumas habilidades culinárias que agora seriam de grande utilidade.

O INVERNO caiu pesado naquela noite de sexta-feira, e o sábado encontrou os campos cobertos de geada.

– É hoje.

Florinda levantava-se naquele momento, carregando uma barriga de cinco meses.

– É mesmo – foi a resposta lacônica do marido, que não se mostrou muito entusiasmado com a informação.

Ao lado da cama e meio espremido pelo guarda-roupa, o berço de Modesto, que logo deverá ceder o lugar a outro bebê apesar de seus dez meses. Por enquanto, ele dormia bem agasalhado, usufruindo a condição de único filho.

Nicanor também se levantou, reclamando do frio ao enfiar a calça gelada e dura. Era um modo de desviar o assunto. Florinda apontou o berço e as reclamações de Nicanor saíram cochichadas.

Saíram do quarto e fecharam a porta. O menino dormiria ainda por bastante tempo, pelo menos até que a fome o acordasse. O marido saiu para ordenhar a vaquinha Jersey de leite gordo, presente do sogro ao neto por ocasião de seu nascimento. Florinda acendeu a lenha do fogão usando uns gravetos recolhidos na tarde da sexta-feira. Modesto não recebia mais a teta da mãe e a mamadeira precisava estar pronta quando ele acordasse.

Florinda não prestava atenção no que fazia, nem tinha necessidade disso, pois eram movimentos que repetia diariamente desde a morte da mãe, ela ainda uma menina. Suas habilidades para forno e fogão eram elogiadas pela família. Seus olhos lacrimejaram por causa da fumaça que subiu do fogão, e ela aproveitou as lágrimas para fechar seu coração. Era um modo de se desfazer dos irmãos: o ódio.

Nem para o casamento de Marialva, irmã de quem sentia saudade. A água da chaleira começou a ferver e a mulher afastou a vasilha da boca aberta na chapa do fogão. O pai, quem trazia as notícias de casa, não perdia oportunidade de tentar a reconciliação dos filhos, e o casamento da Marialva ele pensou que fosse uma ocasião especial para isso. Não podia imaginar que os dois mais velhos levassem o espírito de vindita ao ponto de excluir a própria irmã da lista de seus convidados para o evento.

– O mundo está perdido, minha filha. Perdido. E agora já começam a falar que o Brasil já entrou na guerra e que já mandou soldados para a Europa. Pra todo lado é só ódio que se vê. Pois se nem os irmãos se perdoam!

Seu Antero, ali mesmo, naquela cozinha, enxugou as lágrimas ao comunicar à filha e ao genro que eles não poderiam comparecer ao casamento. Casamento que ele, Antero, havia arranjado ao aproximar a filha e o rapaz de Jacutinga, filho de um amigo dos tempos de solteiro. Gente muito boa e de boas posses. Falhou em seu propósito ao facilitar o encontro da filha com o futuro genro. Nem com o casamento Marialva arrancava aquele espinho que lhe atravessava o pé. Nem com o casamento, ele repetiu da porta em despedida.

Nicanor abriu a porta da cozinha e entrou com o balde onde o leite espumava com leve tom amarelado. Florinda então preparou a mamadeira, que deixou em banho-maria à espera de que o menino acordasse. O café já estava pronto e os dois sentaram-se à mesa.

– Daqui a pouco eles saem para o Angico, e tu me leva até perto da estrada. A gente se esconde naquelas moitas de vassourinha e vê a passagem do cortejo.

– Coisa mais boba, Florinda. Que graça tem isso?

– Quero ver a cara da Marialva, mais nada. Depois do cartório eles vão pra igreja, e então não se pode ver coisa nenhuma.

Pela porta aberta entrava um vento fraco, muito frio, entretanto. Esquentando as mãos na caneca esmaltada, Nicanor começou a enrugar a testa porque uma ideia crescia em sua cabeça. Florinda, que se mantinha firme na intenção de ver a irmã vestida de noiva, só pensava em convencer o marido de levá-la até a beira da estrada.

– Só isso.

Brilho maldoso nos olhos do marido.

– E quem toma conta do Modesto?

Gesto brusco da mulher derrubou sua caneca e derramou café sobre a mesa. Em sua opinião, o filho era muito mais seu do que do pai, convicção que vinha acumulando desde o nascimento do primogênito, pelo modo indiferente com que Nicanor tratava Modesto. Ela nada dizia, aquele não era assunto para abordar sem muita briga, mas estava convencida de que o marido não conseguia se colocar sem problemas na posição de pai.

E agora, quem estava esquecendo a criança era ela. Foi buscar um pano com que limpar a mesa.

– Bem, quer dizer. Acho que não quero mais ver a Marialva com cara de noiva.

No domingo muito cedo, soltando vapor pela boca, seu Antero se anunciou no terreiro. – Oh, de casa!

Vinha dar as últimas notícias. Que a Marialva, da igreja, tinha voltado para a festa, em casa, sua despedida. No meio da tarde ela partiu com o marido e família dele para Jacutinga. De lá, os dois iam fazer uma viagem longa, uma loucura, com tantos perigos por causa da guerra. Foi o que pensou, mas o sogro da Marialva explicou que os dois não iam para os lados do perigo. Ficavam aqui em volta, em países da América do Sul. Que a cerimônia tinha sido muito bonita e que a festa, as pessoas diziam que nunca tinham visto festa igual. Sem querer, seu Antero esfolava com lixa a pele da filha.

Florinda não contou que no dia anterior tinha chorado muito. Não sabia bem por quê, uns sentimentos confusos. Saudade da irmã, vontade de assistir aos festejos, inveja do casamento dela, com toda pompa. Raiva por não ter sido convidada para a festa e as cerimônias, numa declaração brutal de que não era mais considerada irmã.

Seu Antero parecia bastante abatido ao dizer que agora, naquela casa enorme, moravam apenas dois homens. Que roupa e comida ficaram por conta da mulher de um dos peões. Mulher acostumada com trabalho de roça, meio porca, cozinheira horrível. Por ele, Florinda voltava para casa, mas quase teve uma briga com Jesualdo ao propor tal solução. Se ela entrar aqui, meu pai, eu saio na mesma hora. Ele disse isso. Não era preciso complicar as coisas mais do que já estavam, então se calou. Mas que seu gosto era ver a caçula de volta em sua casa, em vez de ficar morando numa casa de agregado, ah, isso era.

Não era seu caminho usual, mas ouviu voz de comando, os gritos com bois, e isso o fez sair de seu caminho e enveredar-se pela beirada de uma roça de amendoim até o alto do outeiro, de onde sua visão alcançaria a vastidão da várzea até o pé do morro tão distante que o mato se azulava. Do alto do cerro, Jesualdo descobriu um homem grudado na rabiça de um arado, só que os bois eram a melhor junta de seu pai, a terra, uma das melhores daquela várzea, e o homem, seu cunhado, antigo companheiro. Camuflado entre arbustos, Jesualdo podia ver sem ser visto.

Debaixo de um chapéu de palha de abas largas, Nicanor rasgava a terra escura de tanto húmus, uma terra gorda, que se deixava revolver expondo suas entranhas ao sol de outubro. Desde cedo ele trabalhava naquela data, e agora faltava bem pouco para terminar o serviço. Ao ver o cunhado no alto da colina camuflando-se entre os arbustos, empenhou-se mais no trabalho, fingindo, por sua vez, não ter notado a presença de Jesualdo. Nunca mais tinham trocado um cumprimento que fosse desde o dia em que fora proibida sua entrada na casa do sogro.

O Sol já estava baixo, a um palmo dos morros distantes, e Nicanor parou para tomar água de seu cantil. O cunhado já desaparecera. Dois gaviões revolutearam acima da terra arroteada, emitiram guinchos agudos e pousaram à procura da última refeição do dia. O homem voltou ao arado, gritou uma ordem aos bois, e olhou o trecho que faltava. Terminaria antes de o Sol se pôr, sem dúvida. Quando um dos gaviões levantou voo com alguma coisa nas garras, como um rato, o outro saiu em sua perseguição, desaparecendo no alto da colina entre árvores e arbustos. Nicanor, seguindo o arado, não tirava os olhos do local onde desapareceram, mas não viu mais nada.

Saber por ter notícia é também um modo de saber. Mas um saber que afeta menos, pois formado por palavras, e as palavras são sempre muito voláteis. Deixam menos marcas. E há sempre a possibilidade de que a situação não esteja bem definida, oscilando entre nem tanto ou ainda mais. Às vezes pode nem ser verdade. Era só um modo de falar, uma impressão que não se confirma. Pelo menos, quando necessária, cresce tal esperança. Não passou tudo de um engano, ou era apenas uma mentira, porque as palavras, quem as governa?

Jesualdo seguiu para casa no trote do cavalo. Voltou ao lado oposto da colina, onde estivera, atravessou uma roça de mandioca, entrou pela estrada do capão na direção do campo. Não sentia o lombo do animal, não comandava sua direção, não via nada do entorno. Ele tinha visto: Nicanor arava uma terra que não era sua, com bois e arado que não eram seus, e sim do sogro. E a imagem, mesmo que borrada pela distância, não saía mais de seus olhos, uma afronta, o descalabro.

Agora eu vi, ninguém me contou, e Jesualdo seguia aquele pensamento sacudido pelo trote do cavalo. Agora eu vi. E sua raiva, que nos últimos meses vinha arrefecendo, trancou-se em sua garganta para poder crescer até quase o insuportável.

Já no campo, deu de rebenque na anca do cavalo, com raiva, e o animal, assim instigado, soltou-se a galope, seu modo de entender uma ordem. Mas não, não estava com pressa, e Jesualdo puxou as rédeas sofreando o cavalo, que retornou ao trote. Sem pressa, porque precisava pensar, montar o discurso com que enfrentaria o pai. Contava o que viu, mas não podia fazer um mero relato. Era preciso demonstrar profundo descontentamento. Então, era preciso encontrar as palavras e sua combinação com que teria de demonstrar ao pai que estava agindo erradamente. Mas as palavras não vinham, muito menos sua combinação, para a montagem de seus argumentos.

Os três cachorros vieram ao seu encontro, dando pulos e arreganhando os dentes: o sorriso. A mulher de um dos peões, agora a mulher da casa, vinha atravessando o pátio nos fundos da cozinha, e dirigia-se à passagem que havia ao lado do bambuzal. Ao ver Jesualdo, ela parou à sua espera.

– Teu pai estava sentindo tontura e foi deitar no quarto. Ele disse que não quer comer. A comida deve estar quente ainda nas panelas que deixei em cima do fogão.

Jesualdo saltou de cima do cavalo, desencilhou o animal sem retirar o baixeiro úmido de suor. Este sim, um amigo que o entendia. E afagou a tábua do pescoço do cavalo.

Depois de soltar os bois no pasto, Nicanor tirou a camisa, arregaçou as calças e foi para o tanque limpar o corpo da terra que tinha trazido para casa. Só então entrou na cozinha, onde encontrou Florinda preparando a mamadeira de Breno. A papinha de Modesto já estava quente. Sentou-se na banqueta de três pernas, esperando a atenção da mulher. Florinda percebeu que ele trazia alguma novidade. E seus olhos se cravaram no marido.

– O que foi, Nicanor?

Então ele contou ter visto no alto daquela roça de amendoim, sabe, onde tem um umbuzeiro, teu irmão camuflado entre as vassourinhas. Ele ficou muito tempo espiando o que acontecia cá embaixo. Que não, continuou trabalhando como se não estivesse vendo aquele olho de gavião despejando ódio morro abaixo. Outra coisa não era.

– Primeira vez.

– Meu pai diz que até hoje ele se recusa a aceitar a gente aqui na fazenda. Como se fosse dono de tudo.

A noite começava azeda, um pouco estragada, com assunto para espantar o sono até muito tarde.

O mesmo acontecia na sede da fazenda. Jesualdo serviu-se de uma batata-doce, arroz, feijão e uma coxa de galinha. Nem quente nem fria, a comida. Engoliu tudo com duas garfadas e foi até o quarto do pai. Só com a porta aberta é que penetrou alguma claridade no ambiente.

– Pai, o senhor está dormindo?

Teve de repetir a pergunta para obter resposta.

O que era aquilo, a melhor terra, os melhores pastos, e aquela junta de bois! Algum prêmio para quem tinha traído a confiança da família? Então começou a atrapalhar-se no que pretendia dizer, mas não era necessário que dissesse, porque o pai conhecia-lhe a índole. Seu Antero sentou-se com as costas escoradas na cabeceira.

– Chega mais perto, Jesualdo, não quero que tu depois diga que não ouviu. Enquanto eu estiver neste mundo, quem manda aqui sou eu, que faço aquilo que me parece justo com o que é meu. E ninguém tem o direito de entrar no meu quarto para me dizer o que é certo e o que é errado, ou o que eu tenho que fazer. Entendeu?

Jesualdo afastou-se como cão rancoroso, rosnando e com o rabo no meio das pernas. Mas saiu e fechou a porta atrás de si.

MADRUGADA fria, rumor de vozes abafadas vindo da cozinha. A chama do lampião, na sala, há muito tempo agonizava e sua luz amarela criava algumas sombras nas paredes nuas das poucas pessoas que permaneciam velando. Jesualdo apareceu repentino com pisadas bruscas para trocar o lampião, e o barulho que fez com os pés mais as palavras sonoras com que se dirigiu a um velho que dormitava sentado a um canto fizeram Florinda erguer a cabeça e esfregar os olhos. Desde o início da noite, quando recebeu a notícia e desarvorou-se com o marido e os filhos, invadindo a casa do pai, onde não entrava desde seu casamento, sentou-se ao lado do esquife, pousou uma das mãos sobre os dedos cruzados e dali não saíra mais.

Jesualdo deixou um lampião bem abastecido de pavio e querosene pendurado na parede, dirigiu algumas palavras a um dos conhecidos que havia acordado, e voltou para a cozinha, de onde chegava o cheiro de café. Evitou virar-se para o lado onde Nicanor estava sentado com o filho mais novo dormindo em seu colo. Havia outras crianças dormindo em pelegos estendidos em um canto da sala. Com frequência algum deles resmungava no meio de um sonho, depois se aquietava. Estavam ali, não porque entendessem o que se passava. Não entendiam, mas ali ficavam debaixo de uns cobertores velhos e dos olhos dos pais.

Florinda acompanhou os movimentos do irmão, pensando que ele tinha envelhecido bastante nestes últimos sete anos. O casamento, pelo visto, não tinha deixado marca nenhuma de felicidade. A esposa estava provavelmente conversando com seus amigos na cozinha. Eram duas famílias, refletiu Florinda: da cozinha e da sala, invertendo o estatuto social. Marialva chegaria de manhã, se chegasse. Caso estivesse ali, ficaria com o povo da cozinha. Quanto a ela, Florinda, força nenhuma humana seria capaz de separá-la do pai. Apesar do peso de oito meses no ventre, com as dores nas costas e o cansaço do último mês.

Nicanor aproveitou que a esposa estava acordada e sugeriu que fosse dormir um pouco nos pelegos com as crianças. Ela fixou no marido os olhos por alguns segundos e julgou desnecessário responder. Estando já gasto o choro, com lágrimas e baba, Florinda gemeu e soluçou, por fim suspirou e deitou novamente a cabeça ao lado do esquife.

Dois velhos, embrulhados em seus capotes, no outro lado do esquife, acordados pelo movimento e iluminados pelo novo lampião, puseram-se a conversar baixinho, com vozes encatarradas e tosses intermitentes. Pneumonia, Florinda ouviu que um deles disse e levantou a cabeça. A palavra deu a volta na sala ricocheteando nas paredes, e outras pessoas parecem ter acordado apenas para repeti-la e dar-lhe força: pneumonia. Sobre os pelegos, várias crianças resmungaram ameaçando chorar, mas se aquietaram novamente. A cozinha, onde se tomava café e se vivia noite menos fúnebre, a pneumonia repercutiu com maior intensidade. De lá então veio um bule revestido de esmalte verde e um ramalhete de flores com suas cores muito vivas. Canecas e xícaras foram distribuídas por uma mulher em quem Florinda supôs conhecer a cunhada, esposa de Jesualdo. Aceitou o café sem olhar de perto para o rosto da mulher. Mas ao observá-la no giro que fazia pela sala, teve certeza de que era mesmo quem pensava. Ela andava e falava com modos de cidade: era a filha de um comerciante de Angico, onde havia lojas e calçadas para transeuntes.

O forte cheiro das flores murchas misturado à fumaça das velas, que já tinham sido substituídas uma vez, provocavam aquela tontura de Florinda. O café com excesso de açúcar que acabava de tomar aumentava ainda mais sua náusea. Era preciso que se abrisse a porta da frente ou, pelo menos, uma das janelas, mas o frio invadiria a sala, molestando as crianças que se espalhavam sobre os pelegos. Pneumonia, Florinda se lembrou quase adormecendo.

Os anos todos desde seu casamento, e mesmo de antes, naquele dezembro de seu décimo sétimo aniversário, passaram não como lembranças nítidas, com delineamentos definidos, mas como cenas envoltas em brumas que passavam aos saltos sem obedecer a qualquer sequência lógica.

Proibidos, ela e o marido, de subir à casa do pai, no segundo ano de casada, ela grávida de Breno, Nicanor resolvera abrir caminho novo, da casa onde morava até a estrada, evitando qualquer aproximação com aquele povo. Podemos viver muito bem sem eles, repetia com frequência. Florinda, a degredada, tinha de concordar, mas sofrendo a distância do pai, que só raramente aparecia. Ele também, sofrendo por não conseguir resolver o dilema em que foi metido com a separação dos filhos.

O Ernesto chegou um ano depois. Nicanor já transportava sua produção para os armazéns de Angico. Carreta e bois emprestados pelo sogro, situação que aumentava o furor de Jesualdo.

De repente olhou pela janela e viu Modesto pelado correndo no quintal debaixo da chuva, e gritava alguma coisa que ela não entendia, mas dava para entender que ele se divertia muito, então o vento virou e Florinda teve de fechar a janela; mas era Nicanor que vinha chegando da roça, e ria, ria muito, trazendo sobre o ombro a primeira melancia de sua plantação e foi uma festa, os três em volta da mesa e o marido cortando aquelas fatias de sua obra, talhadas vermelhas onde enfiavam o rosto e mordiam com gosto, e o suco escorria para a roupa, mas era uma festa, tudo lhes era permitido; as galinhas voando excitadas para o lugar do terreiro onde as chamava esparramando milho no chão, os ovos ainda quentes que colhia para o almoço; o milharal empendoando; o marido, o Sol já se escondendo numa tarde de domingo, aparece no quintal sorrindo, no ombro a espingarda e na mão direita, presa pelas orelhas uma lebre de pelo cinza; a lata de tatuzinho para matar as formigas, escondida em uma fenda da parede, as duas vezes em que, brigando com Nicanor, tinha tido a ideia de acabar com a vida: tão fácil, mas tão difícil. Ele jurava que não enquanto Florinda estava convencida de que Marialva ainda morava forte nos sentimentos do marido.

A dormência no braço que segurava a mão do pai, além do movimento que começava na sala acordaram Florinda. É a hora, alguém afirmou. Pela primeira vez, depois de tantos anos, Jesualdo se dirigiu a ela, bem dono dos acontecimentos.

– Pode largar a mão dele?

Já estava tudo preparado para o transporte do corpo até o cemitério. As pessoas transitavam por dentro da casa como se ali morassem e Florinda sentiu que era a única estrangeira naquela casa, então estava na hora de sua despedida. Jogou-se sobre o corpo, beijou-lhe o rosto e as mãos, urrou seu ódio, sua saudade, urrou todos os sentimentos que sempre manteve vivos por seu velho pai. Então dois homens colocaram a tampa no caixão e vieram outros para ajudá-los no transporte para a carreta.

Pegou os dois filhos mais velhos pela mão e acompanhada pelo marido rumaram para casa.

Gentil era um dos peões de Jesualdo, um homem que parecia estar sempre rindo, a boca mostrando uns dentes e os olhos meio escondidos, as frestas estreitas. Mesmo quando falava sério, ou com raiva, aquele rosto de riso não se desmanchava. Fama de trabalhador e pouca coisa mais, como falar pouco para não expor demais sua gagueira. Ele, Gentil, é quem estava na frente da casa, montado num cavalo do patrão, dizendo que tinha recado para seu marido, dona, mas não, que o assunto era com ele, pois então, na beira do açude?, capinando?

O peão agradeceu levantando o chapéu, cutucou com os calcanhares os flancos do cavalo e a trote largo foi levar seu recado.

Florinda saiu assustada da janela e foi ao quarto gemendo ai, meu Deus, ai, meu Deus, porque aquele homem, a menina dormia, então procurou os filhos, que brincavam no quintal, pra dentro, já, ela ordenou, e fechou a porta com a tranca, e foi até a janela, o ouvido virado catando os sons, aquele homem a serviço de Jesualdo, os braços em cruz protegiam-lhe o peito, e os olhos piscavam sem parar, pelo Nicanor, não tinha como chegar antes, o Nicanor na roça capinando, um recado do Jesualdo, mas que tipo de recado?, arma, se tinha, não aparecia, a não ser que escondida, ai, meu Deus, e Modesto começou a resmungar, por isso levou um tapa na cabeça, então a mãe voltou à janela, achando que poderia ouvir alguma coisa, depois voltou à cozinha, onde a espingarda pendurada na parede, e a sacola com os cartuchos, se ouvisse algum estampido, por isso carregou a espingarda, cartucho calibre 20, mandou que os meninos ficassem quietos na sala, que ela, eu, eu, se aquele Gentil, o recado, os olhos de Florinda estavam acesos, com brilhos, e ela só pensava em defender sua família, pois não podia confiar no irmão, solto como estava com seu ódio desde a morte do pai. Notícias da guerra, no estrangeiro, num lugar que só existia na imaginação das pessoas?

Nem uma semana se completou desde o enterro de seu Antero, Jesualdo apareceu convocando a irmã caçula e seu marido para comparecimento ao cartório no Angico, coisas do inventário. Primeira vez que entrava naquela casa desde que Florinda a tinha ocupado. Mandou que um dos peões fosse chamar Nicanor na roça. Era assunto sério e ele precisava estar presente. Mesmo com a sala em penumbra, puxou uma cadeira e sentou-se à mesa embora não tivesse sido convidado. Florinda com seus passos lentos de pata foi até a janela e liberou a passagem da claridade. O irmão, com expressão de divertido, acompanhou os movimentos de Florinda.

– E tu, hein, minha irmã, chegadinha outra vez.

Florinda continuou um tempo ainda de costas para Jesualdo, enquanto tentava entender a intenção daquela fala. Poderia ser uma crítica porque ela já estava na quarta gravidez em questão de oito anos. Ou sete. Mas também poderia ser um agrado, declaração elogiosa da fertilidade. Por fim, a janela aberta, virou-se e, sem levar em conta a intenção do irmão, declarou:

– É pro mês que vem.

– Mas então, que beleza!

E novamente a caçula ficou em dúvida. Estava caçoando, com aquele tom de voz? Ela não estava mais treinada no irmão, tanto tempo sem contato nenhum. Mas também podia ser um elogio! Florinda desta vez resolveu não responder. Disse que o feijão estava fervendo na panela e deixou o irmão sozinho na sala.

Não demorou muito e Nicanor apareceu na porta. O peão tinha ficado segurando as rédeas dos cavalos.

– Meu cunhado – sem se levantar da cadeira deu a mão em cumprimento – temos de providenciar o inventário. Já recebi uma procuração da Marialva e do marido e não sei como vocês dois preferem. Se quiserem, podem me acompanhar até o Angico no dia que o escrivão marcar.

Nicanor quis saber como ficava a partilha, o que pra quem, essas coisas. Jesualdo detalhou os bens que tocavam a Florinda, se estavam de acordo, e como lhes pareceu justo, a irmã disse que sim, que estava bem.

No dia marcado, iriam ao cartório com Jesualdo.

Quando o irmão se despediu e montou em seu cavalo, erguendo o chapéu em mais um cumprimento, Florinda botou a mão no peito.

– Me palpita alguma coisa de ruim. Em todos esses anos sem aparecer, de repente vem com delicadezas.

Nicanor discordou. Ainda bem que num assunto sério, como a partilha, ele vinha com delicadezas. Quem sabe não era sinal do fim daqueles rancores antigos. Enfim, ninguém perde o pai sem sofrer abalos.

Numa terça-feira, sol indeciso, a família toda ajeitou-se na carreta e partiu no rumo de Angico. Muito cedo, Jesualdo tinha vindo conferir a disposição da irmã e do cunhado para aquela viagem. No trote rápido de seu cavalo, agora já deveria estar longe. Deitado numa esteira no assoalho da carreta, Modesto tomava conta dos irmãos e olhava admirado para as costas dos pais, muito estranhos os dois, numas roupas que nunca usavam. Qualquer passeio para ele era uma diversão. Modesto já sabia o nome dos bois, o hosco e o brasino, e, quando o pai gritava com um deles, o menino repetia, Hosco, seu grão-puta! Então tinha a certeza de que era ele quem comandava o andar da carreta. Os dois irmãos mais novos, enrolados em um cobertor, riam muito e sem parar: um passeio de carreta era um desfrute.

Passava das onze quando Nicanor deu voz de parada aos bois ao mesmo tempo em que puxou a regeira. Estavam na frente do cartório e de pé na porta Jesualdo reclamou da demora. Quase duas horas esperando, ele disse com irritação na voz. Sem muita razão, pois foi o tempo em que ele e o escrivão deixaram tudo pronto para as assinaturas.

O casal entrou em uma sala contígua, indicada pelo escrivão, e sentados ouviram a leitura do documento, com que concordaram. Então espalhou-se sobre a mesa uma papelada que tinham de assinar, depois de terem desenhado os nomes no livro de assentamentos.

Terminada a cerimônia, Jesualdo se despediu dizendo que tinha muito o que fazer na fazenda.

Nicanor levou a família para o almoço na venda que anos atrás tinha utilizado para cama e mesa. As pessoas eram outras, mas isso não tinha importância. Ele explicava com certo orgulho, aqui neste canto, a mesa, teu irmão e eu, a primeira vez. O frio tinha cedido e os meninos, mal comeram alguma coisa, saíram para brincar. As vitrines acima das calçadas, o ror de casas praticamente encostadas umas nas outras, as pessoas se cruzando, tudo aquilo parecia muito alegre. Eles estavam maravilhados. Então Modesto corria com os braços abertos e fazendo barulho com a boca, um automóvel que tinha acabado de passar. Os dois menores se divertiam muito com as brincadeiras do Modesto, e ele gostava de estar divertindo os irmãos, por isso corria uns vinte metros e voltava correndo da mesma maneira.

Florinda queixou-se de cansaço e dor nas costas.

Na volta ela viajou deitada na esteira com os mais novos, e Modesto foi para o lugar da mãe.

O calor do sol não estava exagerado, um céu limpo sobre suas cabeças, uma estrada de terra sem acidentes, Florinda acabou adormecendo ao lado dos filhos. Acordou com a carreta parada na estrada particular aberta pelo marido. Nicanor estava no chão, com um torrão de terra nas mãos e, enquanto esfarelava o torrão, ele ria e dizia minha terra, agora é minha, e a brisa que passava fazia uma nuvem escura com a terra esfarelada. E Nicanor ria e juntava mais torrões para esfarelar, dizendo sempre que era sua aquela terra.

Nunca o vira assim tão eufórico, por isso Florinda ficou apreensiva, principalmente ao ter a impressão de que ele lambia um torrão daquela terra. Nicanor não era de expansões, pelo menos até agora. Sentada num pelego no assoalho da carreta, ela torcia o pescoço para assistir ao espetáculo do marido esfarelando terra para que o vento levasse a poeira até a estrada. Mas estava cansada e pediu-lhe que parasse com aquilo, pois precisava deitar um pouco.

QUASE entrando a primavera, Zuleide veio ao mundo. A chegada de uma menina foi festejada. Com simplicidade e a presença apenas da família, mas Nicanor trouxe da venda onde costumava fazer suas compras, questão de quatro quilômetros de sua casa, um bolo de chocolate, salame e linguiça, refrigerante e um saco de papel com meia dúzia de pastéis. Os pastéis, principalmente, agradaram muito, pois era a primeira vez que os provavam. A mãe ainda não tinha saído da cama, por isso a festa foi feita em seu quarto.

Com o leite querendo escorrer-lhe dos seios, Florinda sentou-se na cama e enfiou o mamilo na boquinha da menina. Ela também participa da festa, disse Florinda para o riso do marido e dos meninos, que nada entenderam, mas acompanharam o riso do pai.

Pouco mais de uma semana após o nascimento de Zuleide durou a alegria da família. Jesualdo apareceu no início de uma noite fresca e iluminada pelas estrelas, deixou o peão de nome Gentil, que que que fafalava aos sossoquinhos, tomando conta de seu cavalo e com o barulho seco de suas botas transtornou a casa da irmã.

– Quanto vocês querem pela propriedade?

Sozinhos na cozinha, os meninos faziam uma algazarra irritante, por isso Florinda foi até a porta e ameaçou: Parem com o barulho ou vão direto pra cama. Era muito cedo para dormir e os meninos pararam sob o comando de Modesto. Zuleide dormia no quarto dos pais.

Marido e mulher se olharam, ambos convencidos de que não tinham entendido a pergunta de Jesualdo.

– Com a Marialva já fiz um acordo: tenho cinco anos para pagar. A fazenda do meu pai, que herdou de nosso avô, esta fazenda não vai ser retalhada. Podem botar o preço.

Sentados do outro lado da mesa, Nicanor extraviou um olhar de parvo ao redor, sem competência para um juízo claro do que acontecia. Sua mulher, mais sagaz, entrou em tremedeira de corpo inteiro. Também não conseguia dizer nada, um nó como uma cãibra na garganta. Por fim, a mulher levantou-se e foi à cozinha tomar água. Na volta, já refeita do susto, informou:

– Nós não estamos pensando em vender a nossa parte da propriedade, Jesualdo. A gente não pretende sair daqui.

Sorriso sardônico foi a resposta do irmão. Ele estendeu os braços sobre a mesa, os braços nus bem acomodados, e riu um gorgolejo na garganta, uma espécie de rosnado escuro, agressivo.

– Vocês querem vender, sim, mas ainda não sabem. Então por enquanto não adianta conversar? Eu volto outro dia.

Levantou-se, bateu com a ponta da mão na aba de um chapéu desrespeitoso, em despedida, e o barulho de suas botas estremeceu a casa assim como o coração da irmã.

À noite, tarde da noite, o casal continuava sem dormir.

– Eu acho que ele vai desistir. Se a gente bater o pé, ele não pode fazer nada.

Florinda se remexeu, ajeitando melhor as pernas encolhidas.

– Eu tenho medo do Jesualdo. Sei bem quem ele é. Melhor do que qualquer um.

"Qualquer um", no caso, era o próprio Nicanor, que continuava confiando numa reaproximação de seu amigo de outros tempos.

Na manhã seguinte, depois de ter saído na hora de sempre para a roça, de repente Nicanor apareceu na porta da cozinha, para susto da esposa, pois estava pálido, os olhos muito abertos e parados, demorando muito para abrir a boca.

– A roça de milho – balbuciou – tudo no chão.

– Como no chão, Nicanor?

– De foice, não tem dúvida. Nem um pé sobrou. Malvadeza!

– Coisa do Jesualdo, só pode ser.

O marido, lá nas regiões do silêncio, concordava com a esposa, mas na hora das palavras, controlando os pensamentos, ele dizia que não podia ser.

– Teu irmão não ia fazer uma coisa dessas, Florinda.

A mulher achava que era um modo de ameaça do irmão, dar um susto e conseguir a compra de sua parte na herança. Nicanor dizia que não. Aquilo era obra de alguém com inveja, talvez um dos peões. Entre eles, havia candidatos para ocupar a casa, a melhor de todas.

– Pois então vai lá e conversa com o Jesualdo. Conta pra ele o que aconteceu.

O marido encolheu-se um pouco, sem muita convicção de que sua hipótese estivesse correta. Sua relutância reforçava a opinião de Florinda.

– Pois então vai lá.

Não podia se dar por derrotado, por isso Nicanor jogou um pelego por cima de um baixeiro no lombo do cavalo e foi procurar o cunhado. Em casa lhe disseram que ele estava no campo, no trabalho de vacinação do gado. Quando viu Nicanor chegando, abriu-se em sorriso.

– Por fim, se resolveram?

Nicanor apeou-se e deu a mão a Jesualdo. A opinião da esposa começou a pesar como se fosse um monte de pedras por cima de suas palavras. Seu antigo companheiro sorria muito abusado, com ar de zombaria.

– Não, cunhado. A gente não resolveu nada. Eu venho aqui é por outro motivo.

– Então fala, Nicanor.

– Esta noite, alguém derrubou toda minha roça de milho. Não deixou um só pé inteiro. Tudo cortado a foice. E só pode ter sido alguém da tua gente.

Jesualdo recolheu o sorriso pra dentro da boca. Sério, com a testa enrugada, ele pegou o braço de Nicanor.

– Muito cuidado, Nicanor. Uma acusação destas sem ter prova é muito grave. Se tu acha que foi gente minha, então vai dar queixa ao inspetor de quarteirão. Mas pense bem, porque calúnia e difamação podem virar o feitiço contra o feiticeiro.

O cunhado ainda quis resistir.

– Mas quem mais pode ter interesse em me prejudicar?

Foi a hora em que Jesualdo trovejou uma gargalhada que chamou a atenção de seus peões. Eles pararam o que faziam, atentos ao que acontecia.

– Olhem aqui, camaradas, alguém de vocês tem interesse em prejudicar aqui o Nicanor? Não. Nenhum de vocês? Está vendo, cunhado, nenhum deles tem interesse em te prejudicar. Então, como é que eu posso saber quem cortou teu milharal?

O Sol empalideceu por trás de uma nuvem grossa e escura, o campo, de uma hora para outra, trocou seu verde por um cinza mortiço, a brisa empacou ali mesmo, o mundo todo descolorido. Nicanor pinchou-se de um pulo só para o lombo do cavalo e, num cumprimento geral, deu de mão na aba do chapéu e arrumou para o lado do brete um até outro dia engasgado. Voltou a galope, segurando o coração com a mão esquerda para que o medo não tomasse conta do corpo todo.

Semana e dois dias depois da devastação do milharal, novo incidente. Até ali, a família de Nicanor se envolveu muito mais com a pequena Zuleide, esquecendo aos poucos o crime que Florinda atribuía ao irmão, e Nicanor esforçava-se por acreditar que o autor tinha sido algum dos peões mal acomodado com sua família numa casinha em fundo de fazenda. Pura inveja, ele repetia sempre que o assunto voejava sobre suas cabeças. Isso não modificava a convicção da esposa, mas aplacava seu próprio medo.

Então aparece a porca parida com seus oito leitõezinhos mortos no chiqueiro. O instrumento utilizado, pela profundidade dos ferimentos, tinha sido provavelmente um machado. Os jovens pés de milho ainda tinham sido aproveitados como ração para a vaquinha Jersey e o cavalo baio, que se fartaram com as folhas largas e verdes e com os talos menos generosos.

Mas e agora? Fazer o quê, com aquela mortandade toda? Florinda declarou-se contrária ao aproveitamento daquela carne. Sabe-se lá, ela dizia, sabe-se lá. E suas palavras, com aparente insignificância, deixavam caminho aberto para muitas interpretações. Nicanor baixou a cabeça não querendo entender a insinuação da mulher.

Os cadáveres ficaram no primeiro dia onde foram encontrados. Enquanto isso, Nicanor foi procurar o Inspetor de Quarteirão. Encontrou a autoridade ocupado na construção de um forno de tijolos, e montado ainda foi até os fundos da casa, no início do pomar onde ele trabalhava sem camisa. Fica difícil respeitar a autoridade quando o homem está sem camisa, mesmo assim Nicanor, depois que o Inspetor ralhou com os cachorros, desmontou e disse que vinha fazer uma queixa.

Relatou então repetindo detalhes do que ocorria. O homem sem camisa suava e enxugava a testa com o antebraço.

– Então eu acho que o senhor precisa ir até lá na minha casa pra ver o que foi feito.

A autoridade relutou muda, pois conhecia muito bem a história daquela família. Por fim, como não houvesse mais o que dizer, e nenhum dos dois falava, o homem disse que só ia trocar de roupa.

Pouco depois, veio lá de dentro com o arreio pendurado em uma das mãos e o freio na outra. Encilhado seu cavalo na mangueira, os dois se botaram na estrada em silêncio.

Nicanor, embalado pelo trote de seu baio, sentia alguma coisa como um sono, mas um sono bom, pois tivera a primeira vitória ao conseguir que uma autoridade viesse ver o estrago que tinha sido feito. Cavalgar ao lado do Inspetor de Quarteirão reduzia em muito o peso de seu medo. Queria só ver a cara da Florinda quando chegasse ao lado da autoridade.

Florinda viu quando os dois passaram rente à casa e rumaram para a roça de milho. Só aqueles toquinhos moribundos. O Inspetor desceu do cavalo, observou as marcas já muito apagadas, estendeu seu olhar por cima da roça, talvez fizesse alguns cálculos, mas nada comentou. Então vamos ver a porca, seu Nicanor.

Um talho de meio palmo na nuca do animal, os talhos que deceparam a cabeça de muitos dos leitõezinhos, examinou os arredores, muito atento, para finalmente perguntar:

– Mas então, quem é que tu acusa?

– Bem, eu desconfio de algum dos peões do Jesualdo.

O Inspetor sacudiu a cabeça estralando a língua no céu da boca.

– Desconfiar a gente pode de culpado ou de inocente. Conheço muito bem esta família e sei que não pode ser gente daqui.

Nicanor sentia-se caindo no vácuo.

– Mas o senhor não vai fazer nada?

– E o que é que eu posso fazer?

A conversa não rendia mais nada. O inspetor montou e se despediu.

– Quando tiver alguma certeza, pode me procurar.

AQUELES dias da primavera, finalmente, tranquilizaram a vida da família. Os atos agressivos pareciam ter acabado. E Nicanor era quem mais se alegrava com o fato, atribuindo à visita do Inspetor de Quarteirão o fim das agressões. E sendo assim, sentia-se corresponsável pela tranquilidade. Não fora por iniciativa dele aquela visita da autoridade? O ânimo elevado aumentou sua disposição para o trabalho. Replantou o milho dizendo que seria uma colheita um pouco só atrasada, mas ainda milho do tarde.

Quem não via a situação tão ingenuamente era Florinda. Mais maliciosa que o marido, ela vivia em sobressalto, assustando-se com qualquer movimento estranho, qualquer barulho diferente. E sempre que surgia o assunto, a mulher nublava o semblante e repetia saber muito melhor do que o marido quem era Jesualdo.

– Você conhece o demônio, Nicanor?

E Florinda, em geral muito bem-humorada, tornou-se taciturna, ao contrário do marido, que parecia viver o melhor pedaço de sua existência. Brincava com as crianças, andava sempre sorrindo, contava histórias engraçadas, um comportamento que irritava a cada dia mais a esposa.

Silêncio total sobre o que acontecia na sede da fazenda. Como em todos esses anos em que ocupou a casinha deixada vaga por um dos peões, entre eles não havia comunicação. Era um silêncio que acalentava os sonhos de paz de Nicanor e se transformavam em opressão, peso no peito, um perigo desconhecido que se escondia atrás de cada pedra, cada arbusto, uma fera com o bote engatilhado.

Numa noite escura, bem tarde da noite, Florinda roçou com a mão o rosto do marido.

– Acorda, Nicanor.

Se ele não estava ouvindo. O marido sentou-se na cama, os olhos muito abertos como se assim ouvisse melhor.

Bem perto de sua casa, mas impossível calcular a distância, um tropel de cavalos: dois. Corriam e voltavam sem que se ouvisse outro som além das patas no solo. Então o cão começou a latir raivoso. Por vários minutos aquele patear estragando a noite, porque depois que se foi, o casal não conseguiu mais dormir. E se foi, deixando sua marca em dois tiros: um de revólver e outro de espingarda.

– Como é que tu sabe?

Nicanor explicou que aquele tiro agudo como uma bombinha de São João, um traque, era tiro de revólver. O estrondo mais possante, quase um trovão, era de espingarda. Nem abrir a janela, sua recomendação.

Mais que Florinda, foi do marido o comentário de que agora estava ficando com medo. O que não era bem verdade, pois há muito que o medo estava instalado em sua mente, em seus olhos e seus ouvidos, mesmo que recusado pela consciência. A esperança tatuada em seu rosto, aquele otimismo que transparecia em seu comportamento, eram o resultado da luta entre as opiniões da mulher, que ele dizia não aceitar, e sua opinião oculta, que rejeitava como possível.

A mulher estava mais revoltada do que temerosa.

– Vou chamar aquele Inspetor de Quarteirão, amanhã mesmo.

– E vai acusar quem, o Jesualdo? Ele vai te dizer o que já me disse: Se acusar tem de apresentar prova. Calúnia também dá cadeia. Foi o Inspetor que me avisou.

– Então por que é que tu, que é homem, não foi enfrentar esses arruaceiros?

Ferido em seus colhões, o marido correu à sala onde pegou a espingarda, e abriu a porta. O céu estrelado, uma lua de brilho exagerado logo acima da colina que nascia na frente da casa, e o silêncio imenso como colcha a cobrir a Terra. Nada mais. Para marcar sua reação, Nicanor deu um tiro para o alto, um estampido que reboou a distância.

– Eles devem ter ouvido – entrou comentando –. E agora sabem que se voltarem vão levar chumbo.

De manhã, com o sono em seus olhos inchados, Florinda acendeu o fogão, pois logo as crianças acordavam e Zuleide não esperava a mamadeira sem reclamar. Nicanor, sentado à mesa e observando os movimentos da mulher, começou gaguejando muito, até conseguir expressar sua apreensão. Isto aqui, sabe, o caso é que a gente não consegue acusar ninguém com prova. Florinda botou água e leite a ferver para o café e a mamadeira da caçula. Como se não estivesse escutando a lenga-lenga do marido.

Nicanor levantou-se, pegou um balde com dois centímetros de água quente no fundo e saiu para o curral. Foi saudado pelo mugido da Jersey, que, de pé e bem acordada, esperava sua ração da manhã.

Apesar da companhia de Caneco, que nem precisou chamar, ao sair para a roça, depois do café, uma impressão muito ruim pesava em cima de sua cabeça. O cachorro, logo de saída, tinha disparado, perseguindo alguma coisa, quem sabe uma lebre, pelo modo como latia sílabas iguais e distantes uma da outra. Sozinho no carreiro, o homem tinha a sensação de que atrás de cada arbusto, escondido atrás de cada tronco, havia um peão de tocaia, esperando sua passagem. O carreiro acompanhava a cerca que servia de divisa. Do outro lado dela, um campo povoado de árvores e arbustos, principalmente o mato fechado que quase escondia o arame farpado e os mourões da cerca. Os olhos de Nicanor se tornaram muito rápidos e móveis. Tudo, menos ser atingido pelas costas. Virava-se toda hora com a impressão de que via um vulto pular para trás de qualquer obstáculo, chegava a esquivar-se de tiros imaginários, desviava seu caminho para lugares mais abertos, de onde poderia enxergar mais longe. Finalmente, língua pendurada, Caneco voltou com sua cara alegre, mesmo sem ter conseguido mais do que espantar algum desafeto para além do morro, para outras propriedades. Mas durou pouco a tranquilidade dos dois: a presença do cão com suas acuidades era confortável. De repente, Caneco enveredou em disparada por baixo da cerca para o meio das árvores e a uns trinta metros do caminho se parou a latir enraivecido. Nicanor primeiro jogou-se no chão, em defesa. Os latidos, contudo, não cessavam e tiro nenhum acontecia. Passou se arrastando por baixo da cerca, levantou-se desconfiado, deu alguns passos entre os arbustos, tentando sempre um ângulo para não ser visto, parou, esperou, mas o cão não parava de latir. Abaixou-se e, assim abaixado, progrediu mais alguns metros. Caneco não saía daquele lugar. Avançou um pouco mais e descobriu no alto de uma canjerana um ouriço escondido entre frutos vermelhos. Foi trabalhoso fazer o cão desistir daquele bicho, mas, depois de muitos agrados, desistiu.

Se o marido, no caminho da roça, tomava todos aqueles cuidados, em casa Florinda não conseguia afugentar o medo. Ralhou com os filhos por causa do barulho, pois estava o tempo inteiro do tamanho de seus ouvidos. Os latidos de Caneco lhe chegaram amortecidos pela distância: confiava na esperteza do cachorro.

Depois dos acontecimentos da noite anterior, o dia foi de muita apreensão.

À tarde, ao voltar da roça, Nicanor concordou que seria melhor abandonarem aquele lugar. Poderiam recomeçar a vida em Pedra Azul, no morro do Caipora.

Isto é que não, teimava Florinda. Com todas as descrições feitas pelo marido, o inferno seria preferível. Isto é que não.

– Me dê outra solução, mulher!

Florinda concordava que deveriam vender a gleba, mas não tinha ideia do que poderiam fazer então. Sua sugestão de convocar o Inspetor de Quarteirão, na verdade, tinha sido apenas um exercício inútil, pois conhecia melhor do que o marido as relações daquele homem com sua gente, desde os tempos de criança.

O Sol encostava nos morros distantes, as sombras se alongavam silenciosas, o mundo se preparava para dormir. Nicanor deixou que o bezerro mamasse o que restava no úbere da mãe e levou para dentro três litros de leite no balde. Em volta do fogão, Florinda preparava a mamadeira da pequena enquanto cozia uma panelada de batata-doce e mantinha esquentando o bule de café. Pegou o balde com o leite, que despejou em duas panelas e as pôs a ferver.

Jantaram em silêncio, naquela noite, exceto alguma ranhetice de criança, que pouco incomodou. Os pequenos não entendiam o que acontecia, mesmo assim, por causa do comportamento dos pais, percebiam que algo de grave estava ocorrendo com a família.

Já passava da meia-noite quando o casal foi acordado pelo tropel de um cavalo. Desta vez era um só, e Nicanor levantou-se e, de espingarda na mão, abriu uma fresta da janela da sala. Um vulto que ele não conseguia identificar passou a galope por trás do curral e Caneco perseguia-o raivoso. Então, Nicanor ouviu o estampido de uma espingarda, Caneco ganiu duas, três vezes e silenciou. O cavaleiro, protegido pelo galpão, afastou-se até reaparecer muito longe, fora do alcance de Nicanor.

E sumiu.

Ao amanhecer do dia, o sol apenas uma promessa, a família toda foi procurar Caneco, que não respondeu mais aos chamados, duro, de olhos vidrados.

VOLTOU pelo mesmo caminho, a despeito de ser o caminho mais longo, porque passava sua figura medonha rente ao quintal de Florinda. E ela ouviu o trote pesado do cavalo e ficou espiando por uma fresta da janela. Ele passou olhando, a cabeça virada, e mesmo sem ver ninguém ele bateu três dedos na aba do chapéu, em cumprimento respeitoso, afinal, era uma filha do seu Antero, pai de todos e falecido. Não, tiro nenhum fora ouvido. Florinda deixou a arma em cima da mesa e foi ver o que faziam os meninos trancados no quarto, mas voltou, lembrando-se do perigo de algum deles, curiosos como eram, querer mexer na arma.

Passaram-se poucos minutos e quem chegou foi Nicanor. Precisava lavar os braços e as pernas, trocar de roupa. Ante a curiosidade de Florinda, explicou com duas palavras que Gentil tinha vindo com recado de Jesualdo: uma reunião urgente na casa dele.

– Não – ele respondeu – eu vou sozinho. Depois te conto tudo.

Uma calça limpa, camisa de manga comprida, botas e o chapéu de feltro e abas levemente encanoadas dos dois lados, o chapéu das festas. Em volta, as crianças riam daquele pai tão estranho, mas riam porque o achavam bonito: o pai.

O resto da manhã ficou estragada, com cheiro azedo de alguma coisa podre. A mulher andava com seu passo rápido de um lado para outro, esquecia o que tinha ido fazer, refazia o que já estava feito, e com frequência suspirava, e com frequência gemia, os olhos sempre muito abertos, o rosto de músculos de pedra.

Ao sair para o terreiro, olhou para um céu de azul translúcido com umas poucas nuvens como flocos de algodão, e viu que o Sol já percorrera metade de seu caminho. Então se lembrou de que precisava dar comida aos filhos e teve sua preocupação redobrada, pois o marido ainda não tinha voltado. Vou até lá ver o que acontece, pensou, mas em seguida pensou nas crianças, que ficariam em casa desprotegidas. A maldade, murmurou, de que lado pode chegar a maldade?

Relutava em sentir-se culpada de alguma forma pela situação que viviam. Se roubara o noivo da irmã, era porque o homem não era para ser de Marialva. Ver aquele rapaz em sua casa, à mesa com a família a cada quinze dias, assistir aos beijos escondidos da irmã, que mal permitia àquele homem tatear seus braços e suas costas, ah, como não imaginar-se em seus braços, permitindo tudo, provocando-o, mais ágil do que ele na satisfação do desejo? De quem a culpa por se botar para dentro de casa um rapaz tão atraente, cuja só visão a deixava excitada? Não podia controlar sua imaginação, as cenas que então inventava.

Por fim, sentou-se com Zuleide no colo e chamou os filhos para que ficassem sentados em sua frente. Um bom tempo assim, os olhos parados como se só vissem para dentro. Mesmo os meninos, que não podiam entender a situação, fizeram silêncio, amedrontados pelo choro da mãe, que logo se iniciou. A menina dormiu, Ernesto fez dos pés da mãe travesseiro e também adormeceu. Os mais velhos repetiam os pedidos para que a mãe não chorasse. Modesto, então, pegou com suas duas mãos pequenas a mão forte da mãe e beijou. Beijou muito, pedindo que Florinda não chorasse. A mulher endureceu-se, de repente, fez o filho pôr-se de pé e o abraçou, e beijou e o lambuzou com suas lágrimas até achar que não tinha razão para ficar alarmada e desandou a rir, beijando novamente o filho e prometendo em seu íntimo que era a última vez que chorava.

A noite já espiava por cima dos morros, pronta para descer as encostas, quando Nicanor abriu a porta da sala e entrou, encontrando a família quase toda adormecida, com braços, pernas e cabeças misturados.

Sentado ao lado da mulher, o marido relatou como se deram as negociações e a que acertos chegaram.

– Mas então nós vamos ter de sair daqui mesmo?

– Não tem outro jeito. O Jesualdo começou dizendo que nós dois desgraçamos a família, que ficou desonrada, arruinamos o futuro da Marialva, que não é feliz no casamento e, por fim, me disse que matamos seu pai, de puro desgosto. Depois disse que aqui não havia lugar para nossa família.

– E para onde nós vamos, Nicanor?

– Bem, eu já te disse: tenho a metade do morro do Caipora, e é o único lugar para onde podemos ir.

– Então vai sozinho, porque eu, com estas crianças não vamos morrer socados no inferno, como tu dizia.

As discussões duraram até a noite fechada, continuando durante o jantar, e depois das crianças acomodadas.

Dobrada a resistência de Florinda, a mulher declarou com solenidade:

– Bem, eu subo o morro, mas ninguém me tira mais de lá.

Um pouco de dinheiro, a carreta, os bois, o cavalo baio, sacos de mantimentos e de sementes, ferramentas. Nem uma palavra sobre as mortes da porca e do Caneco, sobre os tiroteios perto de sua casa. Como se nada disso tivesse acontecido. Foi isso que o antigo companheiro ofereceu, dizendo com ar de zombaria que Nicanor e Florinda estavam doidos para ir embora. O cinismo de Jesualdo arranhou a pele sensível do cunhado, mas a possibilidade de um crime ainda maior estava evidente nos peões armados passeando pelo pátio, por isso engoliu a saliva salgada sem fazer grandes exigências.

Era madrugada de grilos e vaga-lumes acordados quando Nicanor mexeu o corpo da mulher. Ambos levantaram com o rosto inchado de sono, assustando-se ao se verem, e se puseram a arrumar tudo que teriam de levar na carreta na primeira viagem. A roupa toda, a roupa de cama, ovos que Florinda pôs a cozer, pão, rapadura, linguiça e salame, utensílios de cozinha para os primeiros dias no morro.

Já amanhecia nas gotas brilhantes de orvalho, quando chegou a carreta, conduzida por um dos peões, e Florinda foi acordar os filhos. Hora de levantar, ela disse baixinho, e em face dos resmungos dos pequenos, ela prometeu um passeio de carreta, promessa que os despertou rapidamente.

As horas passam, os ruídos diminuem. Por fim, já de madrugada, Florinda adormece.

O ar, nesta altura, é bem mais fresco do que na várzea, e as crianças começam, descobertas, a acordar, fazendo barulho e chamando a mãe. Nicanor resmunga, boceja com braços e boca abertos, apenas os olhos ainda fechados. O alarido dos pássaros, inconformados com a invasão de seu espaço, chega a ser irritante. O dia está claro, o morro está calmo, é preciso completar a viagem. Nicanor, meio agachado, vai até a frente da carreta e pula para o chão.

O baio está de cabeça baixa, aproveitando o capim viçoso que compartilha com os bois. Nicanor enche os pulmões de um ar que ele conhece, com gosto de sobremesa. Seu primeiro grito – iô-hô-hôôôô – atravessa por cima da várzea e vai chocar-se com os morros do outro lado, atrás da igreja. E de lá retorna a resposta. Florinda aparece no banco da carreta, estremunhada, e pergunta o que foi aquele grito. Um sinal, explica Nicanor, para o mundo inteiro desta Pedra Azul, que agora aqui tem habitante.

Zuleide começa a chorar e a mãe se joga para perto da filha com o seio túrgido, o leite farto.

– Vocês que esperem!

Os dois meninos mais velhos começam a descer da carreta com dificuldade para verem de perto o que o pai está fazendo. São duas pedras grandes, distantes cerca de dez centímetros uma da outra. E quando descobrem o sentido daquilo, os dois se põem a juntar gravetos e pedaços de pau para ajudar. A fumaça sobe dançando e some entre os galhos das árvores. É a vida procurando um curso para torná-lo normal, a restauração de uma rotina.

Por isso, para os meninos, aquela fogueira entre duas pedras provoca suas gargalhadas, como se fosse uma festa. Nicanor esquenta o leite que já vinha fervido da casa que tiveram de abandonar, troca as panelas e põe água a ferver. Não é por estarem ao ar livre, em uma chapada no meio do mato, que se privariam do café da manhã.

Depois do desjejum, Nicanor avisa, E agora, minha gente, todo mundo no trabalho. Então munidos de vassoura, balde e sabão a família toda, inclusive Zuleide, escalam os dois lances de estrada íngreme até a casa, com portas e janelas fechadas, quieta, parecendo morta. Enquanto a mãe e os meninos ajeitam a menina debaixo de um cinamomo de sombra fresca, Nicanor invade sua antiga casa, abrindo tudo que existe para ser aberto. Ele abre uma janela, examina o cômodo, pensa no que deverá ser feito ali e parte para o próximo.

Há muita poeira, teias de aranha e uns móveis mambembes, que, na liquidação dos bens para se instalar perto do sogro, tinha deixado dentro da casa. Depois de tanto tempo, menos estragos do que tinha imaginado. A dez metros da porta da cozinha, Florinda descobre o poço, com água ao alcance da mão. Breno e Ernesto ficam tomando conta da irmã, e Modesto desce com o pai até a carreta. É o início do transporte de toda a carga trazida nessa primeira viagem, um mínimo de conforto para se instalarem na nova casa.

O Sol, neste lado do morro, se esconde muito cedo, enganchado nas árvores mais altas que rodeiam a casa a uma distância bem pequena, mas no sentido sul, onde passa o rio dos Sinos e se estende a várzea em que ele corre, ainda resta claridade, uma claridade morrente, é verdade, mas suficiente para que não se diga que já é noite.

O Sol já desapareceu e a carreta resta vazia na chapada a menos de cem metros da casa. Uma panelada de polenta com toucinho defumado, fatias de pão, café com leite, uns pedaços de queijo e a família sentada em volta, no assoalho, é o primeiro jantar na nova casa. Tristeza ou alegria, tristeza e alegria, os sentimentos dos adultos não se decidem entre os extremos: há razões para alegria, como o sentimento de soberania sobre aquele território; mas uma ponta de tristeza por tudo que perderam com a mudança e o aspecto agreste da gleba estragam um tanto da alegria. Para os três meninos, tudo continua sendo uma festa.

Nicanor ainda desce para levar os bois e o cavalo à fonte, construída por ele há vários anos, distribui a ração dos animais e volta para casa, pois precisa descansar. Amanhã bem cedo deve voltar à casa que tiveram de abandonar para a segunda viagem, trazendo tudo que lá restara, só que desta vez ele vai sozinho e a viagem se torna mais longa.

Depois de um tempo em silêncio, procurando um assunto para conversar com a mulher, finalmente Nicanor apaga a vela e diz:

– Tenho de dormir mais cedo. Amanhã vai ser um dia duro.

Terceira parte

Nicanor não se lembrava mais do amanhecer no morro do Caipora. Ali perto, na sanga que desce do alto do morro e continua engrossando até o rio dos Sinos, as saracuras começam o dia numa gritaria de assustar. Há algum indício de aflição em seus gritos, medo, talvez, da claridade quando os predadores. Nas árvores perto da casa, famintos, provavelmente, enquanto saem em busca de comida, os passarinhos chamam suas fêmeas com suas vozes trinadas ou flauteadas ou gritadas. Todos se manifestam: o joão-de-barro, o bem-te-vi, o tico-tico, as pombas de todos os tipos e dois ou três sabiás que moram nas proximidades.

Quinto dia depois da chegada, a casa já está habitável, com móveis de quarto nos quartos, simples, mas não mais simples do que na casa de onde vinham; a sala, uma salinha, com duas cadeiras e uma pequena mesa que as separa, uma esteira no chão, onde as crianças com seus brinquedos; e a cozinha, na verdade o lugar em que mais permanecem, o coração da casa. As ferramentas no galpão e os primeiros bichos de terreiro já plantados em seus lugares: meia dúzia de galinhas capitaneadas por um galo, uma porca prenhe no que tinha restado do chiqueiro. No potreiro, o baio, dois bois e uma vaquinha Jersey de úbere desproporcional. Seu bezerro, bem marmanjo, à soga na outra chapada.

O pão que ele acaba de comer já é produção do forno, que, com poucos remendos feitos por Florinda, funciona como se fosse novo. Estão todos orgulhosos de em tão pouco tempo estarem prontos para viver ali. A mulher sente que havia um pouco de exagero em sua recusa de morar no morro do Caipora. Há sempre uma brisa fresca correndo entre as árvores, e os caminhos, se bem que íngremes e tortuosos, são transitáveis. Além disso, como tinha dito Nicanor naquela noite, descer até a várzea é raridade, não é coisa para todo dia. Um caminho muito cansativo, mas bem pouco utilizado.

O homem levanta-se sob o olhar atento da família. Todos observam a vida de perto para saber como é que será, o que mais poderá acontecer.

– Bem, vou começar preparando um pedaço de terra. Lá pra abril já vamos comer do nosso feijão.

Então desce os três degraus de madeira na porta da cozinha e vai pegar as ferramentas no galpão. Antes de mexer na terra, é preciso roçar a chapada e retirar algumas pedras. Com a foice no ombro, Nicanor desce a velha e conhecida estradinha que atravessa um trecho de mato fechado para sair na clareira onde o terreno é plano e menos coberto de pedras. Tudo muito abandonado, selvagem, mas em um bom dia de trabalho teria condições de enterrar o arado na terra. Um lagarto de papo amarelo, que dormia ao sol sobre uma pedra, joga-se no mato, aquelas ervas misturadas com arbustos de todos os verdes, e dispara rompendo os obstáculos com o barulho de seu tamanho. Nicanor, desacostumado, se assusta. Nunca tinha visto com tal envergadura. Dois metros da cabeça à ponta do rabo, ele conclui. Não, nem tanto. Talvez a metade, um pouco menos. E rindo de seu susto, derruba uma arvorezinha com tronco de uns dez centímetros. Tocos como este, o arado arranca sem tranco, e os bois nem sentem. Sem cachorro, num lugar como este, a vida corre mais perigo. Um cachorro, com seu faro, sua acuidade auditiva, sua disposição de penetrar em lugares interditos ao homem, dá os sinais, late, avisa, espanta.

O roçado continua até Nicanor ouvir o aboio que chega do alto. Tira o chapéu de palha, enxuga a testa e os cabelos com a mão, pendura a foice em um galho de árvore. Resolve ficar sem a camisa ensopada de suor e expõe sua pele úmida ao sol do meio-dia, para que a seque. No caminho, subindo pela estrada estreita, meio escondida debaixo da vegetação invasora, Nicanor vai torcendo a camisa para vesti-la novamente depois do almoço.

FLORINDA chega do pasto com o balde do leite e avisa que a vaca já começa a dar coices no bezerro, que ainda quer mamar. Com estas crianças em casa, não se pode ficar sem leite.

Desde que se instalaram no morro é ela quem ordenha a vaca toda manhã. Nicanor, enquanto isso, vai separando ferramentas, sementes, vai-se preparando para o dia de trabalho. Os meninos acordam como os passarinhos, de manhã, por conta própria. E pulam da cama, pulando no terreiro, enfiando a cara na bacia de alumínio cheia de água fria. Para os dentes, imitam os pais: dedo molhado na cinza, que esfregam nos dentes e nas gengivas, e pronto.

Despeja o leite numa panela preta, de ferro fundido, com que cobre uma das aberturas de que já retirou a tampa, assim o leite ferve mais rápido. Os meninos, no terreiro, já estão molhados porque gostam de brincar uns jogando água nos outros. Florinda os chama para o café.

Nicanor acha que a colheita do feijão não tem tanta pressa. O céu não tem cara de quem vai despejar chuva sobre o morro. Desce ao pasto com um buçal e traz o baio pelo cabresto até o galpão, onde encilha o cavalo.

– Vou ver isso, Florinda.

Ela não responde, mas sabe do que se trata. Montado no baio, a passo lento, ele desce na direção da várzea.

Atravessa o rio e para na frente da igreja. E agora? Antes do casamento, costumava frequentar a venda de seu Eugênio, então terá de virar à direita, mas depois de tanto tempo, uns oito anos, não consegue mais sustentar a raiva daquele Silvério, portanto poderá virar à esquerda porque a venda do Velho Neco fica muito mais perto. Enfim, é preciso decidir e dá de calcanhar nos flancos do baio, que decide sozinho pela esquerda, então que seja. Mais certo é confiar em instinto de animal.

A venda praticamente do mesmo jeito. Apenas a falta do Velho, que está de cama, uma doença que ninguém, no Angico ou na cidade, descobre o que é. Anda pela casa dos noventa, pensa Nicanor, e com essa idade, se o corpo não for muito resistente, qualquer gripe é doença, e qualquer doença pode ser fatal.

Pouca gente comprando ou conversando, alguns rostos mais ou menos conhecidos, mas aceita a festa que fazem, os cumprimentos, e à roda que se faz explica que chegaram até ele boatos alertando sobre gente querendo tomar posse do morro do Caipora.

– Aqui, não. Este morro foi do meu bisavô, e antes não sei de quem foi, e o meu avô deixou para meu pai. O lado sul deste morro é muito meu – ninguém vai se aboletar nele, não.

Então pede uma rodada de cachaça, que alguns aceitam e outros não. Por causa da hora, sabe, muito cedo pra começar. Fulgêncio, ele mesmo, vem servir a bebida. Então Nicanor expõe seu problema. Mas que esteja chegadinha ou com terneiro de mês, no máximo. Que um sabia, mas o dono não vendia. Outro tinha ouvido falar, mas ficava do outro lado, boa distância. Por fim, um baixote que até então só ouvia a conversa, dá um passo na direção de Nicanor e pergunta se era com dinheiro batido. Que sim, dinheiro na mão, uma em cima da outra, exibe-se Nicanor. Saibam todos que não vim de mão vazia, ele parece dizer.

– Pois neste caso, tenho uma vaca dando cria em maio. Boa de leite.

Para evitar intromissões em assunto tão particular, os dois descem para a frente da venda, onde está o baio, e acertam o negócio, depois de regateios e pechinchas de ambas as partes.

Negócio fechado, é preciso comemorar com outra rodada de cachaça. No meio da conversalhada, Nicanor pergunta se alguém tem notícia de cadela com cachorro novo, no máximo uns seis, sete meses.

– O Donato andou oferecendo cachorro da cadela dele. Mas já faz algum tempo.

O Donato, quase seu padrinho. Apressa as compras de alguns artigos encomendados por Florinda, paga, despede-se e se pincha para cima do baio. Donato fica logo ali.

O ferreiro cumprimenta o quase afilhado, sem largar o malho com que prepara o aro de uma roda de carreta, que tinha acabado de tirar da forja. Todavia o cumprimenta rindo, mas então, todo esse tempo, e a família, como é que vai, e entre as batidas do malho no aro, os dois conversam como dá. Donato finalmente faz o aro chiar dentro da água ao lado: um tanque de cimento.

Só agora se dão as mãos e terminam os cumprimentos. Não, o baio já veio ferrado, o que acontece, é que ficou sabendo de uma cadela com cria.

– Ah, mas sobraram só dois filhotes, e já estão bem crescidos. Cinco meses.

E os dois saem para os fundos da casa, lugar mais certo para cachorro. A cadela seguida de seus filhotes vem correndo na direção de seu dono, depois vem cheirar as pernas de Nicanor, que lhe afaga a cabeça. Dos filhotes, o primeiro que vem conferir o visitante é o escolhido: patas grandes, cauda de pelo curto, baio como o falecido Sultão, talvez de maior estatura. Agachado, Nicanor abraça o cachorro, que lhe lambe o rosto, sacudindo o rabo, uma festa. Resolve batizá-lo com o nome de seu antigo companheiro, provavelmente seu pai.

Um pouco de trabalho só na travessia do rio dos Sinos. Sultão tem de ser transportado no colo, pois não se atreve a entrar na água. O restante do percurso ele faz correndo atrás do cavalo. De cem em cem metros, o cão para e olha para trás, estranhando o caminho, mas Nicanor o chama, e Sultão atende, aceitando o nome de batismo, que herdou provavelmente do pai.

Nem comer, eles querem, os dois mais velhos. É meu, é meu, escolhem cada um uma metade do filhote. Mas brincam com ele inteiro, como se não estivesse dividido. Brincam de correr dele, brincam de correr atrás dele, tropeçam e caem, se levantam sob as mordidas alegres e não adianta chamar, não? O almoço esfriando.

À tarde, Florinda, que em casa do pai não pisava a terra de uma roça por causa de seus luxos, está ao lado de Nicanor arrancando os pés de feijão, cada qual na sua fileira. Suas mãos sofrem e ela as mostra ao marido, que ri, fazendo pouco caso. Com o tempo, aprende e não sente mais nada. Neste momento ela o odeia, mas não demonstra.

Os CUIDADOS precisam aumentar se aumentam os perigos. Zuleide percorre os cômodos da casa mal equilibrada sobre suas duas pernas rechonchudas, gloriosa desbravadora, e isso do momento em que acorda até a hora de dormir. Eis o perigo: do assoalho da cozinha até o chão do terreiro existem três degraus que se devem descer. Degraus que mesmo Ernesto, com suas pernas ainda curtas, precisa escalar ou descer com o auxílio das mãos e da barriga. Ele desce escorregando aos poucos e sobe escalando cada degrau sentindo a emoção de quem chega ao topo íngreme da montanha.

Irrequieta como é, a menina pode despencar lá do alto ao querer imitar o irmão.

Florinda, no café da manhã, observa que manter a porta fechada o tempo todo é impossível, ademais, um dos meninos pode por esquecimento deixá-la aberta. Nicanor está com a filha sentada em sua coxa, e os dois se divertem comendo.

– Pra falar a verdade, hoje não estou com inspiração pra carregar pedra. Eu cuido disso.

Na entrada do galpão, uma caixa serve de mesa, onde Nicanor apoia a ripa, mede com um barbante, bota um pé em cima com peso, seu peso, e corta na marca com o serrote. Cinco ripas na vertical, duas horizontais e a maior em diagonal. Pronto. Prega as ripas, verifica se estão firmes, e senta sobre o arado, pensando. Agora o mais delicado. Não tem dobradiças, como fixar a porteirinha para evitar um desastre com sua menina? Em volta, os meninos pulam e brincam com Sultão, que, criança como eles, diverte-se com o trabalho de divertir as crianças.

– Vão lá pra frente. Com vocês fazendo barulho aqui, eu não consigo pensar.

Deixar a porteirinha fixa não pode porque é passagem da cozinha para o quintal. Nicanor levanta sua obra, examina, leva até a escada da cozinha, coloca na boca da porta, até aí tudo perfeito, na medida certa. Então Florinda percebe a dificuldade do marido. Tem medo de sugerir, por causa das respostas bruscas e rudes do costume do seu homem. Vai ao fogão e bota a água a ferver, despeja na panela o feijão já lavado, volta até a porta e não resiste.

– Com três tiras de couro de um lado e um arame enrolado num prego do outro acho que vai dar certo.

Nicanor mantém-se calado. Olhando. Finge que é uma ideia absurda. Larga a porteirinha na escada e some para a frente da casa, onde três meninos e um cachorro se divertem brincando de perseguição. De lá ele fica olhando a boca do poço, muito baixa e subitamente percebe outro perigo. Na hora que Zuleide começar a correr pelo quintal, o poço precisa estar coberto. Mas como não tinha pensado em Ernesto? E resolve continuar com seu trabalho de carpintaria. O problema da portinhola para prender Zuleide já está resolvido, mas ele prefere fingir que continua pensando.

Na boca do poço, ele tira as medidas, imagina uma tampa de remoção fácil, pensa um pouco e responde a um grito que vem de algum morro do outro lado da várzea. Com as mãos em concha ele orienta o grito: iô-hô-hôôôô! De vários lados ouve o eco que afirma existir vida humana no lado sul do morro do Caipora.

As tábuas vão sendo medidas e pregadas, até Nicanor gritar novamente, agora com o sentido de uma vitória: a tampa está encaixada na boca do poço. Vai ao galpão, recortar três tiras de um pedaço de couro cru, carrega a caixa com os pregos e, sem nada comentar com Florinda, ele instala e testa a porteirinha.

Chama a esposa e comenta:

– Um trabalho assim é que dá gosto. A gente vê o resultado na hora. Fazer roça nesta ladeira, numas faixinhas de terra cercadas de pedra, e pedra, e pedra que não acaba nunca, isso sim, isso já é um castigo. E pra tirar o quê? A miséria que este morro produz.

Florinda não demonstra, quieta como fica, mas sente que já começa a ter sua vingança. Queria vir? Usou todo tipo de ameaças para vencer sua resistência? Agora se queixava, mas sem direito a qualquer reclamação. A mulher vai à janela da frente e grita sua convocação para o almoço, que os meninos acolhem barulhentos.

Nos dias seguintes, é Modesto quem abre e fecha a portinhola, e ele o faz com o orgulho de quem pode prender ou libertar os irmãos, cioso de sua idade, mais cioso ainda de suas habilidades.

Ernesto, com as duas mãos segurando as pontas superiores de duas das ripas, tenta sacudi-las, mas não consegue, firmes que estão, então choraminga e diz quero ir lá fora, e repete mais alto, quero ir lá fora, até que Modesto se comove.

Primeiro exige que o irmão largue a portinhola e se afaste. Em seguida, desenrola o arame do prego preso na parede, abre a passagem e autoriza o irmão a passar. Depois disso, como tinha sido instruído pela mãe, desce para o degrau mais alto da escada, fecha a porteirinha e enrola o arame novamente no prego. Seu senso de poder o torna um pouco presunçoso, mas apenas um pouco.

NÃO, não chega a ser tarde da noite, mas como o céu está pesado de nuvens, é uma noite escura quando Nicanor chega de volta do outro lado, segundo ele da venda do Velho Neco, cada vez mais doente. Não só ele, conversando e bebendo no balcão, outros conhecidos também, sentados onde dava, sobre caixas e sacos. O lampião de carbureto, aquilo sim, coisa maravilhosa, uma claridade como dia. Se dispôs a comprar um daqueles, mas Fulgêncio mostrou um dos faroletes que tinha recebido do fornecedor. Com duas pilhas, jogava claridade a mais de cinquenta metros. Muito mais prático: pode carregar para onde quiser. Outros fregueses se meteram na conversa e acabou comprando os dois. Um para uso dentro de casa e o outro para sair à noite pelo mato.

Já se preparava para sair, quando apareceu Silvério. Aquela tua terra, ele insistiu, só serve para plantar fumo. E completou dizendo que outra vez estava procurando uma gleba grande, mesmo que coberta de mato. Tinha meios para limpar aquilo tudo e cobrir de tabaco. Nicanor sentiu acender-se novamente o desejo de voltar para a várzea, mesmo que em território menor do que o atual. Mas disso não comentou nada com a mulher.

– Mas as sandálias desta menina tu não comprou, não é mesmo?

Nicanor ri com a boca fechada e os olhos encolhidos. Que é que tu acha? Os pés da menina já não cabem mais nas sandálias compradas quando tinha dois anos. Nicanor desembrulha um pacote, de onde primeiro retira o farolete, cuja luz ele projeta com toda intensidade na direção da porta e dando um aspecto de meio-dia ao quintal, passando pelo poço, que cresce latejando, e arrancando da distância o chiqueiro. Neste momento, as crianças todas e com elas a mãe vão entupir a porta; extasiados, os dois meninos mais velhos, aos trambolhões atirando-se escada a baixo. Zuleide arranca o farolete das mãos do pai e ela agora é quem dirige o feixe de luz para onde quer.

Para diminuir a excitação das crianças com o farolete, Nicanor sofre um pouco, mas consegue incandescer o lampião de carbureto. Então a imensa claridade da cozinha cria sombras que se movem de acordo com os movimentos do lampião. Florinda interrompe a brincadeira botando na frente do marido uma caneca de café com leite, duas fatias de pão e um pote com nata.

– Agora chega, o pai de vocês vai comer. Amanhã vocês brincam mais.

Enxotados para a cama, os quatro levaram nos olhos acesos aquela alegria de luzes que podiam furar a noite.

Mais tarde, o casal sentindo o peso do sono nas pálpebras, Florinda se remexe.

– Tu já tá dormindo, Nicanor?

– Já – ele brinca.

Depois de um longo silêncio.

– E tu, comprando essas coisas caras, tu não te dá conta de que o nosso dinheiro vai acabando?

– Mas é claro que vai acabar.

– E desta terra vamos tirar sustento?

Nicanor finge que está dormindo, ou dorme realmente, mas não retorna ao assunto que preocupa sua mulher. Ele trouxe com as compras, além das sandálias da filha, a esperança de abandonar o morro.

ENROSCADO perto da cancela, Sultão espera que Nicanor termine de picar o pendão de milho nos cochos dos animais que se aproximam interessados. Então sairão, talvez, para alguma roça de onde vai ser preciso expulsar algum bicho. Mas está ligado no ambiente, o corpo todo uma antena, e súbito empina as orelhas, e as move, e solta um gemido descontente, quase um ganido de focinho fechado.

A brisa brinca leve e fresca movendo os galhos mais finos das árvores ali perto, sem deixar rastro de onde veio, sem cor ou forma, reduzida a brisa a seu movimento. Sultão incomodado se levanta e rosna, o corpo retesado em seta virado para a estrada. Reclinado sobre o cocho do baio e da égua tobiana de Florinda, Nicanor termina de picar o último feixe de pendões e endireita o corpo, atento à atitude do cão.

Um bando de anus põem-se a miar excitados na copa de uma guajuvira do outro lado da estrada. De pé, o pescoço esticado para o alto, Nicanor tem a impressão de estar ouvindo o patear de um cavalo na subida. Sultão dispara estrada a baixo, latindo, pois já tem certeza de que seu espaço está sendo invadido.

Então vem subindo o chapéu iluminado por um sol maneiro e acariciado pela brisa leve e fresca. O cavalo não é mais o zaino, aquele estrelo, de que Nicanor ainda se lembra. E num átimo vê-se observando a chegada de Silvério Neco, quando ainda vivia sozinho naquele lado do morro, mas agora não estranha sua vinda, como então, agora um negócio caminhando, uma visita combinada.

Da horta, por cima da cerca, Florinda observa aquele homem que chega, cumprimenta, então apeia do cavalo. Seu coração se contrai ao pressentir alguma trama no encontro do marido com o visitante. O que pode um homem da várzea pretender aqui em cima para vir a esta hora conversar? E o coração se convulsiona enlouquecido ao supor que já era esperada aquela visita: a frequência de Nicanor na venda do Velho Neco. A mulher bota a mão no peito. E aperta querendo aquietar o aflito coração. Os dois conversam e gesticulam. Nicanor aponta a horta e Florinda se abaixa – não quer ser vista. Ainda não. O visitante acaba de apertar a mão de Nicanor, que ele segura enquanto reza alguma coisa e eles sacodem suas cabeças enchapeladas, e é pelas frestas da cerca que Florinda observa seus movimentos. Então o homem monta em seu cavalo, faz um gesto largo de despedida e desce pela estrada na direção da várzea.

Florinda sai correndo, sempre segurando o coração, e só para sentada na tampa do poço, de onde chama os filhos, quer todos ao seu redor, nem sabe por quê. Quem chega primeiro é Zuleide, que senta a seu lado, Breno e Ernesto chegam correndo da frente da casa, dando risadas, os dois; só está faltando o Modesto, e Florinda grita seu nome, e repete o grito, mas de onde está ele não entende aquele som agudo que rebate no mato ao redor.

Com o facão, que ainda não tinha largado, na mão, Nicanor sobe devagar a ladeira e se assusta ao ver a esposa abraçada aos três filhos em cima da tampa do poço.

– Onde está o Modesto?

– Foi buscar uma moranga na roça de milho. Por quê?

Florinda não sabe por quê, não sabe o que pensar, só sente que o céu escureceu com nuvens densas e escuras e que um vento agudo corta suas carnes. Não sabe se está protegendo ou se é protegida, com as crianças grudadas em si.

Quando Nicanor chega mais perto, ela quer saber quem era e o que queria aquele homem que foi embora.

– A gente, o Silvério e eu, está acertando a venda deste morro. Aqui não fico mais. A oferta dele é boa, dá pra comprar uns quarenta hectares de várzea lá pra frente, depois do moinho dos Protásio. Longe daqui, mas a estrada praquele lado é boa. E ele trouxe novidade – que o presidente Getúlio se matou com um tiro no coração, e que andam falando que o estado vai botar luz elétrica em tudo que é lugar, que já começou e logo, logo está chegando por aqui.

– E tu, Nicanor, aí o Modesto. Vem pra cá, meu filho. Senta aqui com os teus irmãos, vem. E tu decerto prometeu pra esse homem, o tal de Silvério, que vende o morro. Pois então fica sabendo: daqui não saio mais. Teimei que não queria subir, tu me dobrou. Agora não quero descer. Entende? Não quero descer. Vim contra a minha vontade, vontade de ninguém vai me fazer voltar. Nem morta eu assino, e nosso casamento é em comunhão de bens. Já esqueceu?

Zuleide e Ernesto, os mais novos, assustados com o tom da voz dos pais, começam a chorar. Modesto, do alto de seus doze anos, olha para o chão onde seus artelhos sujos se movem querendo abrir buracos na terra. É obediente ao pai, claro, mas é com a mãe sua empatia. E se ela não quer abandonar o morro, ele também não quer.

– Esta vida de miséria, Florinda, é isso que tu prefere? Esses pedacinhos de terra no meio das pedras, a gente nunca vai ter nada na vida.

A mulher não responde, e, em lugar disso, aperta ainda mais os filhos que abraça. Nicanor se dirige para o galpão, onde começa a mexer em ferramentas, meio ao acaso, sem se apossar de nenhuma.

Frustrado pela segunda vez em seu propósito de se desfazer daquela encosta de morro, que já considerava com raiva sua maldição, Nicanor se cala. Cumpre diariamente sua rotina sem se comunicar com a família. As crianças, e dentre elas principalmente Zuleide, cobram com insistência sua companhia e só muito raramente conseguem dele um sorriso, alguma palavra. Florinda, nas primeiras semanas, só estranhou seu costume de dormir no galpão sobre uns pelegos em cima dumas palhas, agasalhado por uns trapos sem cor definida. Bem, me entreguei a ele a primeira vez foi num galpão. E pensou que aquela fosse mania que em pouco tempo estaria esquecida. Não que lhe fizesse falta na cama aquele corpo mudo. É que, por se tratar de um casal, um casal como os outros, o normal seria dormirem na mesma cama: de costas um para o outro, por causa da respiração.

No início do verão as chuvas se tornaram mais frequentes. Nicanor encilhava o baio, cobria-se com uma capa de montaria e escapava para o outro lado, onde às vezes passava o dia inteiro. A mulher e os filhos só percebiam sua volta por causa dos latidos alegres do Sultão. Ele acabava de entrar no galpão para dormir. Modesto já entendia alguma coisa da vida e uma vez perguntou para a mãe se eles nunca mais iam ser amigos.

– Isso é lá com o teu pai. Se ele é opiniático, eu também sou.

Florinda, com a ajuda de Modesto, aos poucos foi preenchendo as falhas do marido. Ele começou a relaxar o serviço na roça, não via o mato crescer afogando suas plantas recém-nascidas. Duas enxadas, da mãe e do filho, supriam as ausências do pai. A mulher aprendeu a cangar os bois e com alguma dificuldade conseguiu arar alguns trechos de terra. Em pouco tempo Modesto já se punha também a manejar a rabiça, muito esperto, conhecendo a necessidade de sulco raso ou profundo, sabendo os gritos certos para botar os bois na linha ou para apressarem o passo.

Breno já dá conta de cuidar dos irmãos, e os três, livres daquelas asperezas do trabalho, conseguem inventar suas brincadeiras, com frutas, sabugos, pedaços de pau e muita imaginação. Quando é preciso que ajudem, é como se uma nova brincadeira tivesse acabado de ser inventada.

Numa quinta-feira de manhã chuvosa, Nicanor ordenha a vaca, traz para a cozinha o balde com o leite, enche dele uma caneca de alumínio um pouco amassada, quebra um pedaço de pão e de pé, ao lado da mesa, faz seu desjejum. Florinda ainda está no quarto, enquanto ele desce os três degraus da escada para o terreiro. No galpão, cobre-se com a capa, com o braço direito abraça o arreio e seus pertences, com a mão esquerda pega o freio e desce para o pasto. Florinda, perto do fogão preparando o café, vê pela janela a passagem do marido descendo para o lado do campinho.

As águas do rio estão barrentas, mas continua dando passo porque não chove tão forte que aumente muito o volume das águas. O baio entorta o pescoço e bufa sobre a água, mas move as patas, apalpando o fundo, escolhendo caminho, as direções com que já está acostumado. Nicanor ergue as pernas e instiga o baio a avançar estralando a língua no céu da boca. Por fim, sobem a rampa encharcada e saem na frente da igreja. O cavalo, pensando que já conhece o caminho, tantas vezes para a esquerda, tem de ser corrigido. É preciso variar de ambiente. Na venda do falecido Velho Neco estão sempre quase que as mesmas pessoas, com o Fulgêncio escorando os cotovelos no balcão, uma filha adolescente servindo cálices de cachaça ou medindo metros de tecido, com o pai atrapalhando seu caminho. As cenas se repetem até o aborrecimento. E isso também parece que já se vai tornando uma obrigação. Quando não vai, tem sempre alguém que pergunta por que não foi.

Por isso, Nicanor dá de rédea no baio e o desvia para a direita. Faz bastante tempo que não tira umas prosas na venda do seu Eugênio, com o povo daquele lado. Justifica sua presença, como faz na venda do Fulgêncio, comprando qualquer coisa barata: meio quilo de linguiça, umas rapaduras, aquilo que depois, durante a noite no galpão, vai matar sua fome.

Como chove, a venda acolhe um público maior do que o usual. Com Nicanor mostrando-se na porta, começa o barulho de uma festa encatarrada. Quem foi que disse que o homem tinha morrido? Nicanor pede um cálice de cachaça e senta em cima de uns sacos de batata. O assunto são as localidades que estão eletrificadas. Mas aqui, diz alguém, esse negócio não chega. A maioria não concorda, achando que poderá demorar, mas acaba chegando a Pedra Azul. E tem também a linha de ônibus, que na entrada do ano-novo vai começar. Uma viagem de manhã para a cidade e uma viagem de volta à tarde.

– Mas com esta estrada?

– Se serve pra caminhão, não há de servir pra ônibus também?

Um dos participantes da conversa, sujeito bem vestido, cara de quem viaja muito, e que tem informações ouvidas no rádio e de ver e ouvir nas viagens, descreve o estado das estradas com detalhe. O único trecho que ainda não está grande coisa é entre o Moquém e o Açoita Cavalo. Mas tem gente lá trabalhando. Até com máquina. Do outro lado, até o Angico, a estrada é um tapete. Do Angico até Jacutinga ainda precisa melhorar um pouco, mas também tem turma trabalhando.

– E por falar em Jacutinga, parece que aqui o Nicanor tem parente por lá, não tem?

– Sim, tenho. A irmã da minha mulher casou com um fazendeiro de Jacutinga.

– Pois é isso mesmo. O marido dela morreu nos chifres de um boi furioso. Quando passei por lá, eles eram meus fregueses, fazia questão de mês, pouco mais, que ele tinha sido enterrado.

Nicanor se levanta dos sacos de batata e se aproxima do viajante pedindo mais informações, então, como é que foi, os acontecimentos como é que aconteceram. E abandona a roda das conversas porque de eletricidade e ônibus ele pouco ou nada sabe nem tem vontade de saber.

As notícias que recebe deixam Nicanor perturbado. Seus pensamentos se atrapalham, mas dão voltas aceleradas em sua cabeça, não permitindo entrada de assunto mais nenhum. Se dirige ao balcão, pede meio quilo de linguiça, paga e se despede. Aos conhecidos que permanecem na roda das conversas, ele alega que a chuva já está parando, precisa terminar uns trabalhos.

NICANOR entra no galpão e sai em seguida como se tivesse esquecido alguma coisa cá fora. Vai até o poço, descansa um dos pés sobre a tampa, as duas mãos na coxa, olha em volta, procurando, quando o chuvisqueiro recomeça. O homem desce a estrada embarrada, equilibrando-se com dificuldade, e as pessoas dentro de casa procuram outro lugar de onde poderão continuar acompanhando os movimentos do pai e marido.

Não se demora muito no pasto, onde os animais pastam indiferentes ao chuvisco. Ele volta sobre suas pegadas, vem até o poço e descansa um dos pés sobre a tampa. Tira e sacode o chapéu, fazendo seu chuvisqueiro. Olha em volta, tira o pé da tampa e se dirige para o galpão. A mulher e os filhos, perplexos, não conseguem entender o que está acontecendo.

Reaparece na porta do galpão, sem a capa e sem o chapéu molhado. Ele sai escolhendo caminho, evitando embarrar as botinas. Então, de repente, correm todos a se esconder na sala: ele vem subindo a escada da cozinha. Nicanor vai até o quarto, fecha a porta e lá fica por alguns minutos. Na sala só se ouve a respiração ofegante da mulher e dos filhos, tensos, uns querendo se esconder no corpo dos outros. Só relaxam quando ouvem os passos do pai atravessando a cozinha e descendo a escada para o quintal.

Devagar se aproximam da porta, com medo de que ele esteja ainda por ali. A porta da cozinha está aberta, e as crianças vão até ela para espiar. Pelo jeito está abrigado no galpão. Mas o que fez ele no quarto? Florinda vai investigar e volta com a notícia. Pegou sua melhor roupa e esvaziou uma caixa de sapatos com algum dinheiro.

Até a noite, as crianças não têm sossego, correndo de um canto a outro, ocupando as janelas à espera de que o pai apareça novamente, mas são esforços baldados. Ele não sai mais do galpão.

Jantam todos eles uma caneca de café com leite e um pedaço de pão, e ficam satisfeitos. As janelas e a porta já não despertam mais interesse: o mundo escuro. Não há muito que possam fazer, por isso a mãe bota os dois menores para dormir; Modesto e Breno já recusam o auxílio da mãe. Zuleide, desde que o pai adotou o galpão como quarto, dorme na cama com Florinda.

Na manhã da sexta-feira, Florinda levanta sem fazer barulho para não acordar a filha e, na cozinha, acende os gravetos debaixo da lenha no fogão. Abre a porta, Mas Nicanor já deveria ter chegado com o leite. Dormindo até mais tarde? Desce os degraus para o quintal, sobe na tampa do poço e espia lá embaixo os animais. Ninguém na cancela, e a vaca chamando seu bezerro. Uma suspeita bate em sua testa, espalha-se pelo corpo, e Florinda põe-se a tremer, ao perceber que o baio não está entre os outros animais. Corre até o galpão, o interior escuro, espera dois segundos até que a vista se acostume, então descobre jogada sobre a palha a roupa suja com que Nicanor estivera vestido. Os arreios do cavalo também desapareceram.

Nisto Modesto aparece na porta da cozinha, na altura, ainda com seu rosto noturno, esfregando os olhos.

– Meu filho, o teu pai!

E Florinda não sabe o que mais dizer.

– O que é que tem meu pai, mãe?

– Desapareceu.

Modesto sorri.

– Ah, daqui a pouco ele volta.

– Volta nada, daqui a pouco ele não volta. Saiu vestido com a roupa de passeio.

O menino abre bem os olhos pretendendo entender o que está acontecendo. Que ultimamente os dois estavam parecendo compor um casal em desmanche, isso ele já vinha notando, claro, mas a situação não se alterava no correr dos dias. Agora não, agora tinha acontecido um novo ato: e vestido com roupa de passeio. Modesto desceu os degraus e veio encontrar a mãe.

– É mesmo?!

– Aquele cachorro. Filho, pega o balde e vai tirar o leite. Eu vou cuidar das crianças. Mas lava essa cara primeiro.

E Modesto, que há muito se oferecia para ordenhar a vaca, sente o peito estufar, olha o rosto refletido na água da bacia e vê lá dentro um homem querendo subir à superfície. Tira com os dedos o cabelo da testa, tateia o lábio superior imaginando ali um bigode, enfia as mãos na água e banha o rosto.

E assim eles passam a sexta, os olhos muito abertos, cheios de susto. A família desfalcada de um de seus membros, mas não deixam de executar todas as tarefas de sexta-feira. Com exceção de Ernesto e Zuleide, que brincam ao redor da casa, os demais se esforçam para deixar tudo em ordem, ou, pelo menos, como em todas as sextas. Para que aquele homem, pai e marido, veja que não faz lá grande falta.

Quem sabe ele volta amanhã, comenta-se à mesa na hora do jantar.

Mas o sábado começa a encerrar a semana com aquela ausência, uma semana que parece nunca acabar. Então a apreensão cobre os semblantes, inclusive de Florinda. Está faltando seu marido, o homem que a forçou de todos os modos a subir o morro. O que andará fazendo, por onde pode estar carregando o corpo com seus sonhos? À noite, Zuleide é a única que chora dizendo Quero meu pai. Os outros mantêm um silêncio pesado, cada qual sentindo aquela ausência à sua maneira, sem trocas inúteis. Florinda é a única que depois do jantar, todos ainda em volta da mesa por causa do lampião, comenta:

– Ele vinha dizendo que aqui ele não ficava.

O sono cai sobre seus olhos, mesmo eles não querendo dormir. Mas Florinda, depois de conferir um por um dos filhos como é que estão deitados, deita-se também e apaga o lampião. No escuro ainda por alguns minutos brilham olhos abismados, que não demoram, porém, a se fechar.

No domingo, a família quase inteira oscila entre o desconforto da inquietação e o costume que enfraquece o desconforto. Florinda convida os filhos para um passeio pelas trilhas do mato, e quem mais se alegra com aquela subida é Sultão. Vai à frente, late longe, no alto, volta correndo com a língua pendurada, abana a cauda, sorri muito satisfeito consigo mesmo, e toca correr novamente por um trilho que muito raramente é pisado por gente. Sultão é a garantia de que não serão atacados por bicho nenhum. Ele tem sentidos muito afinados.

Há trechos bastante íngremes em que Florinda precisa ajudar a filha a escalar. Raízes, galhos, cipós e pedra, muita pedra. Já estão cansados, e mesmo as crianças, cuja energia parece geralmente inesgotável, estão com o rosto suado. Então encontram uma pequena clareira em uma chapada diminuta. Acomodam-se para descansar e Modesto, muito sério, olha para a mãe e observa:

– Quase cinco anos que a gente mora aqui e o pai nunca teve a ideia de subir este morro com a gente.

Ao chegarem em casa de volta do passeio, os pés embarrados, braços lanhados, já passa um pouco do meio-dia. A comida, felizmente, já está pronta e só falta requentá-la, porque a criançada morre de fome.

A SEGUNDA-FEIRA brilha sobre o morro e seu mato fechado, sol escorrendo para a várzea, onde um largo e tortuoso caminho de branca cerração marca o caminho do rio dos Sinos. Do céu, durante a noite, as nuvens foram inteiramente afastadas, e um azul translúcido esplende o fausto de sua pureza. O céu é puro som, um som azul em solene *bocca chiusa*.

As tarefas iniciais do dia já tinham sido executadas quando as crianças, esfregando os olhos, saem do quarto e descem ao quintal para suas abluções. Descem rindo e se estapeando porque é assim o começo de qualquer dia quando o sol arranca faíscas das folhas e das pedras. O terreno encharcado lembra ainda a chuva da véspera.

Segunda é segunda, é dia normal de trabalho. Florinda consola a filha, a única que não se conforma com a ausência do pai, recomenda a Ernesto que tome conta da irmã e vai para o galpão pegar ferramentas. Modesto já está removendo uns fardos de alfafa que estão pegando umidade debaixo de uma goteira. Seu menino não precisa mais receber ordens. Ele conhece o serviço, sabe o que tem de fazer.

– Está na hora de plantar aquela roça de batatas, não acha?

– Se a terra não estiver muito pesada. Mas eu acho que não está. Esta noite não choveu mais.

– Nós dois vamos abrindo as leiras e o Breno vem atrás botando as batatas-sementes.

Mãe e filho pegam cada um sua enxada, que jogam sobre o ombro, e sobem até a pequena chapada, que já está com a terra pronta: arada e gradeada. Em seguida chega Breno com a balaiada de batatas-sementes. É o único pedaço de terra cultivado em lugar mais elevado do que a casa, e dali a paisagem que se apresenta, a encosta do morro coberta de mato, a mata ciliar do rio dos Sinos, a esta hora quase toda escondida pela cerração, o verde das plantações da várzea, com suas casas modestas, os morros, a distância, que se erguem encarando seu irmão Caipora, enfim, é um panorama grandioso em que as distâncias se fundem à ideia de infinito.

Mais de dois terços do terreno já estão plantados e falta pouco para o Sol atingir a metade de seu percurso, quando Sultão passa correndo por cima das leiras, latindo de modo estranho, para pegar a estrada, por onde continua disparado. Modesto crava a enxada no chão e, escorado em seu cabo, põe os olhos à procura de algum sinal do que havia movido a curiosidade do cachorro. Florinda, logo depois, também para e perscruta a encosta do morro. Breno está longe e não percebe os movimentos da mãe e do irmão. É Modesto quem vê primeiro e diz, É o pai.

Não demora para que Nicanor apeie e prenda o baio pelo cabresto ao tronco do cinamomo. Da roça, se ouvem os gritos de felicidade dos irmãos mais novos. Florinda, já perto de casa com passo largo e rápido, estranha que o marido não tenha soltado o cavalo no pasto. O marido e as crianças já sumiram dentro de casa.

A mulher e o homem se cruzam na porta do quarto do casal e se cumprimentam, coisa que não acontece há bastante tempo.

– Vim buscar minhas coisas e me despedir.

Florinda tem um leve estremecimento das pálpebras e um erguer imperceptível das sobrancelhas surpreendidas pela declaração de Nicanor. Nada além disso. Os braços pendidos ao lado do corpo continuam pendidos ao lado do corpo, enquanto os pés em pernas imóveis enterram-se no assoalho por um tempo sem medida. O rosto não demonstra nada, nenhum sinal de tristeza ou contentamento. Como se Nicanor tivesse acabado de dizer que a chuva estava encharcando a estrada.

O homem vasculha todos os cantos do quarto com uma sacola na mão, separa documentos e objetos e os joga para dentro da sacola. Sua roupa já está socada de qualquer jeito em um saco branco. Sai do quarto, examina a sala, de onde não tem muita coisa para carregar, vai ao quarto das crianças, mas não se detém lá dentro, entra finalmente na cozinha, olha em volta, encontra os olhos de Florinda brilhantes de desprezo, e sorri muito desenxabido.

– O que está no galpão e todo o resto vou deixar pra ti. Então acho que isso é tudo. Estou indo.

As crianças, que já entendem o que acontece, se agarram em suas pernas, pedem que não vá embora com barulho de crianças. Zuleide é a única que chora. Nicanor se abaixa e procura abraçar os três num abraço só, beija-os e com mão disfarçada recolhe uma lágrima que escorregava para o rosto.

– E o Modesto, não veio?

– Ele disse que não queria. Ficou na roça.

Nicanor levanta-se, caminha até Florinda, ainda hirta na porta do quarto. Estende-lhe a mão em despedida.

– Então, até a volta.

– Que volta seu cachorro. Aqui não tem mais lugar pra ti.

O brilho de seus olhos denuncia a febre que a imobiliza, o ódio que a torna estátua sem outra qualquer reação.

Nicanor vira as costas, desce os degraus da cozinha carregando o saco e as duas sacolas. Ajeita tudo que é seu nos arreios do cavalo, monta e some.

O último que o vê pelas costas é Modesto, que, com o braço erguido faz um gesto obsceno e o joga morro abaixo. Então senta sobre uma pedra e fica à espera da mãe e do irmão, esta parte de sua família que acaba de ser reduzida.

Quarta parte

– ANDA logo com isso, seu pamonha!

No leste crescem nuvens escuras e baixas e o vento, por baixo, já castiga o morro. São dez horas da manhã, de uma manhã escura, anoitecida. Florinda e o filho mais velho, com seus balaios carregados de amendoim, se preparam para descer com suas cargas que serão depositadas no paiol. Breno, parado no meio da roça, os olhos erguidos, acompanha a passagem de corvos e outros pássaros em voo desesperado, de asas batendo frenéticas em direção do ocidente. São muitos que passam, todos sofrendo do mesmo nervosismo. Só ele está tranquilo como se estivesse esperando a chuva.

Nos primeiros meses após a deserção de Nicanor, o desamparo foi o sentimento que dominou a família. Meses de medo, nos olhos de cada um as marcas da sensação de que a qualquer momento sofreriam um ataque, vindo de algum lugar desconhecido. A violência que a família parecia esperar poderia partir de gente da várzea, de feras escondidas pela mata do próprio morro, as feras vizinhas, que à noite rondavam a casa, mas a violência também poderia ser a incapacidade de se manterem com tão poucos recursos. Medo de agressão, medo da fome, sentimento de vulnerabilidade.

A carência de proteção, que é um sentimento doloroso, acabou tendo um resultado favorável: a coesão da família. Foram meses em que mesmo sem um comportamento deliberado e consciente, a mãe e os quatro filhos procuravam proteger-se entre si dos perigos aparentes tanto quanto dos perigos reais. O tratamento de uns para com os outros tornou-se delicado, cortês, porque pairava sobre eles um medo: a possibilidade de mais alguma defecção do grupo. Fecharam um círculo de sobrevivência em que os elos não se podiam mais partir.

Dez, doze meses sem o pai, a memória deste começava a desmanchar-se, principalmente a memória dos dois mais novos. Começaram então a comportar-se como se um Nicanor jamais tivesse existido. Todos eles entraram, sem combinar, num ritmo de treino para a vida, que faz parte do instinto de sobrevivência. Além do mais, luto nenhum é eterno, e perda, por maior que seja, não sendo da vida, em algum tempo é preenchida com alguma compensação. A tristeza cansa e pede trégua, é impossível chorar vinte e quatro horas por dia todos os dias. Um dia existiu entre eles um homem que se chamava Nicanor e que não tratava muito bem de sua esposa. Ele sumiu, e os filhos já diziam, Ainda bem, com uma raiva que o tempo ia atenuando.

Florinda vira-se para trás, o pescoço torto por causa do balaio apoiado no ombro, e grita novamente:

– Anda logo, Breno! Olha chuva!

Mas Breno já está arqueado sobre os pequenos montes de amendoim arrancado, que vai jogando no balaio. E trabalha rapidamente ao receber nos braços os primeiros pingos que mais parecem pedradas.

Mesmo Zuleide, que nas primeiras semanas não passava dia sem chorar e chamar o pai, mesmo ela parecia ter esquecido que um dia a família fora completa, com pais e filhos, dentro da simetria usual.

Aos poucos e sem um planejamento prévio, os membros da família foram assumindo responsabilidades, a divisão familiar do trabalho, todos eles colaborando para a normalização da vida naquele morro, isolados do outro lado do rio dos Sinos. Cada um aceitou como sua as tarefas que estavam de acordo com sua força e habilidade.

Quando Breno bota o pé direito dentro do paiol, as nuvens já cobrem inteiramente o céu e o aguaceiro despenca pesado como se quisesse lavar o mundo.

– Que pamonha que tu é! Estava querendo tomar um banho, é?

O sentimento de desamparo, dos primeiros tempos sem Nicanor, aquela sensação de vulnerabilidade não permitiam tratamentos mais ríspidos entre eles. São sentimentos esquecidos. A família de mãe e quatro filhos parece ter sempre tido essa forma. Todos se sentiam seguros neste círculo reformulado. Agora eles sabem que a sobrevivência é possível, difícil e trabalhosa, mas possível. As ameaças que pareciam vir de qualquer lado, não fazem mais sentido. Esvaziaram.

Em cima de uma lona estendida no chão, os três põem-se a separar as vagens das raízes. A água continua rolando do céu. Ernesto e Zuleide, sem ter o que fazer, inventam uma brincadeira no assoalho da cozinha, ele, com sua fazenda de roças e gado, ela, uma visitante que chega numa charrete. O que estarão fazendo os dois fechados dentro de casa?, pensa Florinda.

– A gente vai comer todo este amendoim?

Breno está mastigando os grãos.

– Não seja bobo, Breno. Vamos separar um pouco pra nosso uso, e o resto vou vender para um Sizenando lá da várzea, pros lados do Sertão. Ele fabrica rapadura com amendoim torrado.

– Eu vou contigo –, declara Modesto.

– E quem fica tomando conta da casa?

– Eu fico –, prontifica-se Breno.

O paiol, apesar da porta aberta, mantém-se escuro porque está um dia parecendo noite, mesmo assim Florinda vê os dentes brancos de Modesto em sua cara cheia de riso.

– Este, mãe, não toma conta nem dele mesmo. Ele tem espírito de passarinho.

E é quase verdade. No viveiro construído entre a porta da sala e o cinamomo, por Breno ele mesmo, existe um canário-da-terra, um casal de cardeais, os canoros, uma saíra-sete-cores e um sanhaço, os decorativos, que cantar não cantam, mas são bonitos, como costuma responder às críticas dos irmãos.

No dia seguinte, lá vão morro abaixo Florinda e Modesto, levando na carreta cinco sacos de amendoim, três sacos de batata e uma caixa com meia dúzia de queijos. Entre outras mercadorias que Florinda pretende comprar, estão alguns cadernos, lápis e borrachas e duas ou três cartilhas que estavam encomendadas. Modesto, sem licença da mãe, sente-se o homem da casa, por isso é preciso estar a par de todos os negócios da família. Com esse argumento convenceu-a a se deixar acompanhar.

Breno chama os irmãos para a escada da cozinha, manda que os dois sentem-se nos degraus, vira-se para eles e lá do chão, de pé, solene, proclama:

– Quem manda agora aqui sou eu.

Ernesto e Zuleide batem palmas, aclamando o novo mandante.

– Que porquice é essa, Ernesto, olha só este braço, preto de sujeira! Enquanto não te lavar direito, não tem lugar pra ti na mesa. Anda.

No meio da mesa, o lampião de carbureto faz a cozinha fingir que é dia. De um lado, num banco entre a mesa e a parede, Modesto e Breno desenham as letras copiando o modelo da mãe. No lado oposto, está Zuleide fazendo ondas com o lápis no caderno e a seu lado a cadeira vazia de Ernesto, que acaba de levantar-se para melhorar sua higiene. Na cabeceira da mesa, Florinda comanda o grupo que agora, todas as noites, depois do jantar, reúne-se para as aulas de leitura, escrita e noções básicas de aritmética.

Muito perto dali, ouve-se o pio agudo de uma coruja, e todos levantam os olhos dos cadernos com a boca aberta de susto.

– Fecha logo essa janela, Modesto. Odeio esse bicho de mau agouro.

– A senhora tem é medo – arrisca Modesto enquanto fecha a janela.

– Medo eu não tenho, não, mas esse é um bicho que tem parte. Não gosto disso.

Ernesto ocupa sua cadeira e começa a resolver as contas propostas pela mãe. São dez questões para cada uma das quatro operações. Florinda pega o braço do filho e o examina. Levanta-se e dá um beijo na bochecha do menino. Os dois sorriem satisfeitos.

Tinham sido grandes os progressos intelectuais da família nestes últimos meses. O equilíbrio emocional seguiu-se à estabilidade financeira. Sem grandes ambições, pensava Florinda, o pouco pode ser muito. Se não muito, pelo menos suficiente. E o que os cinco tiravam da terra, depois de tanto tempo, depois de passarem mais de uma vez por todas as estações, não lhes permitia sonhos altaneiros, era, entretanto, o que lhes bastava para continuarem unidos na pobreza.

Modesto assumiu definitivamente o papel de homem da casa, mas homem para algumas tarefas masculinas, porque em tudo ele se sujeitava às opiniões da mãe, ou, pelo menos, a consultava antes de se decidir.

Além das culturas do tempo de Nicanor, milho, feijão, mandioca, amendoim e pouco mais que isso, um dia Breno, que fora incumbido de algumas compras no Fulgêncio do Velho Neco, voltou com uma ideia: colher a mamona de que o morro era pródigo. Entre as pedras e nas piores ladeiras, cresciam vigorosos os mamoneiros. E aqueles troncos fibrosos e duros, que se costumava abater como mato, passou a ter cuidados por causa de sua semente, comprada pelos armazéns atacadistas, e de que se extraía o óleo de rícino.

Não era muito grande o valor que se pagava por saco de mamona, em compensação era muito pouco o trabalho necessário para sua colheita, tarefa de que até Zuleide participava e com muito gosto. O sentido de utilidade entre os membros da família desenvolvera-se até este ponto. Todos queriam mostrar-se úteis.

Outra cultura de que participavam os menores, era o da flor de píretro, sugestão de um dos moradores da beira do rio do lado de cá. Trouxera a ideia de sua terra e sabia quem comprava na cidade. Em lugares onde as culturas tradicionais eram impossíveis, o pé de píretro se agarrava, subia, dava suas flores.

Mas nem tudo eram trabalhos na encosta do morro. E nos momentos de ócio, mesmo que raros, Modesto e Breno tomaram o gosto pela exploração. E isso teve início com uma excursão feita num domingo de manhã com toda a família, a mãe à frente por uma trilha muito antiga e há muito não utilizada. Espingarda no ombro de Modesto, estilingue nas mãos de Breno, lá iam eles praticamente guiados pelo cachorro, que parecia arrebentar de alegria. Foi assim que descobriram um ninho de corvos no ponto mais alto do morro, com seus filhotes de penugem amarelada.

Numa dessas explorações, Sultão se pôs a latir na boca de um buraco em que parecia ter entrado um tatu. Seus latidos eram raivosos, e com as patas dianteiras o cão tentava alargar a cova para que ele pudesse entrar. Os meninos já sabiam, de ouvir histórias, que era muito difícil desentocar um tatu, mesmo assim, tentaram fazer uma fogueira na entrada do buraco. Que a fumaça, eles pensavam. Mas a fumaça não queria descer e desistiram da fogueira. Quando já estavam decididos a abandonar o tatu em seu esconderijo, o cão dá um salto para trás e por pouco escapa do bote de uma jararaca. De uma imensa jararaca. Um único tiro de Modesto eliminou o perigo. O difícil foi, então, convencer Sultão de que não deveria mais brigar com aquele defunto.

Em uma velha árvore coberta de liquens, perceberam a enorme quantidade de abelhas que entravam e saíam. Era uma colmeia, mas não tinham como extrair o mel. Marcaram bem o local quebrando galhos e amontoando pedras para em uma próxima vez voltarem aparelhados de machado, serrote e outros instrumentos. A ideia era, além de extrair o mel, levar a colmeia para uma caixa perto de casa.

– Bem, todos terminaram os exercícios, não é mesmo? Então agora vamos pra leitura. Tu começa, Modesto.

E os quatro, em apenas duas cartilhas, acompanham a leitura tropeçante de Modesto. Zuleide começa a rir e a mãe quer saber do quê. Então descobre Ernesto fazendo bichos de sombras na parede. Um cascudo na cabeça repõe o menino na história truncada do irmão mais velho.

– Zuleide, minha filha, pega só os galhos mais finos. Deixa esses mais pesados para o Ernesto.

Mas já está na hora do café e os cinco sentam-se numa mesma rocha debaixo das árvores vizinhas. Florinda abre uma das garrafas que vai fazer a roda, um gole em cada rodada. Apesar das mãos pretas de carvão, todos eles pegam o pedaço de pão que a mãe lhes alcança.

Vinte braças de fundo por quinze de largura, a coivara em cujo carvão a família se enterra.

A descoberta daquela ladeira em declive mais suave, pouco mato e pouca pedra, tinha sido o resultado de uma das excursões investigativas dos irmãos mais velhos. Entrando no mato atrás de Sultão, que parecia ter encontrado algum animal, rompendo barreiras de taquari, Breno parou de repente e olhou em volta.

– Vendo isso, Modesto?

O irmão, que corria à frente, voltou.

– Isso o quê?

Em seguida, acompanhando o olhar de Breno, ele entendeu. Um lugar fácil de encoivarar, comentou o irmão mais novo. Modesto cavou uns centímetros com as mãos. Terra escura. Nem mandioca, nem amendoim, que preferem terra mais arenosa.

– Aqui o que vai bem é a batata, não acha?

Dois dias por semana eram dedicados àquele novo espaço. Abrir até lá uma estrada, por estreita que fosse, demandou um bom tempo. Depois a derrubada do mato, a roçada da vegetação mais fina e mais cerrada também demorou. Mas Florinda, depois de acompanhar os filhos até o novo terreno, só concordou em liberá-los dois dias por semana. O mais difícil foi abrir o caminho até lá. Necessidade nenhuma de derrubar qualquer árvore, mas o carrascal que escondia o chão, este sim, precisou de muita foice.

Muitas vezes, quando chegava o domingo, dia em que se fazia o estritamente necessário, como tirar leite, alimentar os animais, os do campo e os do terreiro, a família parecia destruída de cansaço. Num domingo desses, em que as pessoas andavam jogadas, meio dispersas, que Modesto, sentado ao lado da mãe, na frente de casa e à sombra do cinamomo, deu voz a um pensamento que há muito vinha remoendo em silêncio.

– Ô mãe, e aquele teu marido nunca mais deu notícia, nunca pensou que a gente podia estar sofrendo dificuldades?

Um movimento impaciente de cabeça, então um longo silêncio. Os olhos cravados na grama, umas inspirações demoradas e profundas, sinais de que ela também esbarrava naqueles pensamentos. Afinal, olhou firme dentro dos olhos do filho e jogou a pergunta:

– E tu acha que ele tá fazendo falta?

Modesto surpreendeu-se com a pergunta e ergueu as sobrancelhas como quem diz que não tinha pensado no assunto.

– Não, falta aqui ele não faz. Mas eu fico é imaginando ele, como se sente depois de tanto tempo sem contato nenhum com a gente. Enfim, nós já fomos a família dele.

– Olha, Modesto, o que ele pensa, o que ele sente, isso não me interessa mais. Há muito tempo que não me ocupa um centímetro de pensamento. Ficamos só nós e não precisamos dele. Foi um homem até certo ponto bom, mas pra mim ele está morto. No dia em que pegou suas coisas, montou e sumiu morro abaixo, foi o mesmo que morrer. Não deixou saudade.

Modesto jogou o corpo para trás e, deitado na grama, fechou os olhos. Foi o mesmo que morrer. Mas bocejou com muito sono e parou de pensar.

Quem mais ri é Zuleide das máscaras de carvão, principalmente o rosto de Ernesto, que tenta enxugar o suor com a mão, lembra à menina algum bicho tenebroso. Ou ridículo.

Do mato e de língua pendurada aparece Sultão, sacudindo a cauda, sujo de barro e molhado, pedindo sua parte na comida. Ganha um pedaço de pão, que engole sem piscar. A menina esquece o irmão mascarado e vem afagar o cachorro, que acaba de deitar ao lado da rocha.

– Bem, pessoal, chega de preguiça, senão a gente não termina hoje isto aqui. E tu, Zuleide, nada de pegar galho ou pedra mais pesados.

Quem olhar o grupo de longe, com certeza o confundirá com um bando de gorilas, pois já não sobra espaço no corpo ou nas roupas que não esteja encarvoado. Enquanto Florinda e Modesto, de machado, desgalham os troncos e os atoram em tamanho que possam ser carregados para a margem do terreno, os outros vão removendo galhos e pedras compatíveis com sua força.

O silêncio em que trabalham é interrompido de repente pela gritaria irritada de um jacu no alto de um açoita-cavalo. Seu grasnido no chão tinha sido de raiva do cachorro, mas agora, no alto, podia ver aqueles forasteiros em seu território e sua gritaria tornou-se mais furiosa ainda.

– E eu deixei a espingarda em casa – lamenta-se Modesto.

Escorada no cabo do machado, Florinda comenta que na semana passada, no armazém do Fulgêncio, apareceu um matuto com dois jacus numa capoeira. Vendeu para o dono da venda por bastante dinheiro. Fulgêncio estava feliz, quando comentou que este é o nosso peru, que vive por aí nos matos. E não tem carne igual à dele.

Depois de mandar um dos empregados levar as aves para os fundos da casa, e entregá-las à sua mulher, veio atender Florinda. Ele, o Fulgêncio, tinha um bigode com as pontas levantadas, que a toda hora alisava com os dedos. Seu sorriso de lábios grossos não se escondia na bigodeira. Escorou o cotovelo do braço direito no balcão, cofiou o bigode sem parar de sorrir e perguntou o que a senhora vai querer desta vez.

Florinda, como quase sempre, vendia e comprava quando descia à várzea. Tinha queijo e mel para vender, e precisava de querosene, sal, açúcar e uns metros de chita.

Fulgêncio quis primeiro despachar suas mercadorias. Quando Florinda perguntou em quanto ficava tudo, ele abriu ainda mais o sorriso, olhou para os lados, e disse baixinho que, Isso depende.

– Depende de quê?

– De quanto a senhora vai querer por seus queijos e essa lata de mel.

Florinda novamente quis saber quanto ele pagaria por tudo, porque ela não tinha noção de preço, e ele respondeu a mesma coisa, que isso depende. Por fim, depois de tanto sorrir e tentar pegar a mão esquiva da freguesa, acabou dizendo de modo muito disfarçado que, Tu é a mulher mais bonita de todo este distrito. Pagou o dobro do que valiam os queijos e o mel, cobrando a metade do preço de suas mercadorias.

– E tu ainda pode conseguir muito mais do que isso aqui comigo.

A mulher não sabia se retrucava mal-educada, se aceitava o galanteio, e atrapalhada, na hora de ir embora, correspondeu ao sorriso de Fulgêncio. Mulher largada é uma categoria vítima de muito assédio, todos pensando que agora está disponível. Só quero ver até onde ele vai. Montou no cavalo, escanchada como nunca se tinha visto mulher montar em Pedra Azul, e confusa, um tanto assustada, pegou o caminho de casa.

Isso tudo lhe passa aos trambolhões pela memória com o grasnido irritado do jacu. Seu medo é que algum dos filhos consiga ler seus pensamentos, que estão ali, na sua testa, quase visíveis de tão nítidos.

– Bem, criançada, vamos descer que é hora do almoço.

Calos nas mãos, riscos de galhos nas pernas, rosto queimado pelo sol, o cabelo juntado em coque na nuca, mas com fiapos entrando nos olhos e na boca, calcanhares rachados por estrias fundas, deitada na cama, os olhos abertos sem utilidade, Florinda organiza o rol de suas mudanças desde que viera para o morro do Caipora, passados já mais de dez anos. Esta é a mulher que Fulgêncio pretende seduzir, a mulher mais bonita de todo o distrito. Ela sorri como se tivesse imaginado um plano, pisca longamente e as ideias se embaralham num sonho que ainda não é sonho, mas que também não é mais pensamento vigilante. Por fim, adormece satisfeita, porque uns restos de sua vaidade reflorescem, sob seu controle crítico, é verdade, mas o assédio de Fulgêncio serviu para lembrá-la de que é uma mulher. Há muito não tomava um banho tão demorado, tão minucioso, como tomou naquela tarde depois de limparem o terreno da coivara.

Há muito tempo Florinda sentia na pele o mormaço de olhares masculinos, sempre que descia à várzea, mas tinha consciência de que nenhum deles teria coragem de romper o campo de força que o estado de forasteira, com formação escolar, com modos e linguagem lembrando gente de cidade, a protegia. Até para simples cumprimento os homens que encontrava na estrada ou nas vendas se intimidavam. Um homem do quilate do Fulgêncio, ora, ora, babando na bigodeira.

Na volta da coivara a mulher recusava-se a conversar com os filhos, o pensamento extraviado em si mesma.

Início da madrugada, os latidos raivosos do Sultão.

– Mãe, tá ouvindo?

Modesto já está fora da cama, na porta do quarto de Florinda. Que será que ele viu? Um cachorro como este, que não ladra sem motivo, deve ter encontrado algum inimigo.

– É gente, mãe?

Breno já está no grupo reunido na cozinha. Quem responde é Modesto.

– Nada, pra gente o latido dele é outro, não tem este agudo, ouve? É um agudo de raiva. Só pode ser algum bicho.

Florinda finalmente consegue acender o lampião e entrega o farolete a Breno. A espingarda fica com ela.

– Deixa a espingarda comigo, mãe.

– Não, tu, daqui três meses, vai pro exército.

E falando isso, Florinda abre a porta e ilumina o quintal, o feixe de luz passando pelo poço, chegando até as árvores mais próximas. Então conseguem localizar na subida, perto da estradinha, o pelo baio do Sultão, que olha para cima e pula e late e arranha o tronco do angico.

– Algum bicho no angico, vamos.

À frente iluminando o caminho, segue Breno, seguido pela mãe e o irmão mais velho.

– Olha, mãe, os pedaços de uma galinha.

O cachorro vem chorando encontrá-los como se quisesse mostrar o caminho, e chorando ele volta para o pé do angico, pulando novamente e olhando para cima.

– Deve ser uma jaguatirica, Breno, bota a luz nela, a filha da puta, ladra de galinha.

Não é difícil encontrar lá no alto, de pé num galho mais grosso, parte do vulto. É realmente uma jaguatirica.

– Mantém a luz nela, Breno. Preciso esperar uma posição melhor.

– Deixa que eu atiro, mãe.

– Sai pra lá, Modesto. Tu vai ser soldado e vai ter bastante tempo pra mexer em arma.

– Agora, mãe, ela está olhando pra baixo.

Florinda ergue a espingarda com a coronha apoiada em seu ombro e puxa o gatilho. Muito perto dos três o baque da queda. Um macho adulto que ainda estrebucha uns segundos e se aquieta insensível às mordidas do cachorro.

De manhã muito cedo, antes de qualquer outra atividade, Breno está tirando com muito cuidado o couro do bicho.

Todos em volta da mesa, na hora do café, Modesto diz que Breno terá de ser muito cauteloso na hora de vender o couro, porque a caça está proibida.

– Aqui em cima deste morro, meu filho, quem proíbe sou eu.

– Mas ele disse que vai vender o couro lá em baixo.

– E tu pensa que o povo da várzea vai recusar um couro bonito como este?

Breno termina de mastigar, toma um gole de café e faz uma careta na direção de Modesto.

– Olha, mãe. Ele nem botou a farda ainda e já pensa que faz parte do governo. Pois se eu até já tenho comprador.

Florinda levanta-se rainha, consciência recém-adquirida, e pede pressa a seus súditos, que devem voltar ao trabalho.

Aqui neste morro, ela se emociona ao pensar nisso, aqui neste morro quem manda sou eu. O morro do Caipora é meu reino, ordeno e proíbo em toda a encosta sul. E o sentimento de seu poder se confunde com a recém-conquistada convicção de que ainda é uma mulher atraente, que perturba os homens da várzea, que os bota intimidados. A exceção é aquele Fulgêncio, que talvez se julgue um monarca, mas que não consegue avançar com sua corte. Calça as botas de borracha, como convém a uma soberana, e desce para a horta.

TERMINAM de jantar e continuam em redor da mesa ouvindo as notícias que chegam do mundo, o lado de lá. Modesto continua com seu uniforme verde e fala como nunca falou na vida porque agora é o centro, a novidade, e todos têm de ouvi-lo. Não segue uma linha reta em sua narrativa, sem controle, ele, de sua memória. Vai falando de acordo com as lembranças, ou responde às perguntas da mãe e dos irmãos, que chovem atropeladas.

Florinda é quem menos pergunta para não desmanchar em seu rosto o sorriso de mulher satisfeita cercada pelos filhos. Mas a toda hora sacode a cabeça aquiescente.

O ônibus, relata o soldado, parou na frente da igreja. Então caminhou até o passo, ali pertinho, e descobriu que teria de ficar pelado, com a roupa e os borzeguins acima da cabeça, se é que não tivesse de nadar, do que não tinha certeza. Todos riem em volta da mesa, prevendo o desfecho. Voltou até a casa da zeladora, ao lado da igreja, bateu à porta e foi atendido por um alemãozinho, pedindo a ele que o transportasse na garupa de um cavalo até o lado de lá. Que é o lado de cá. O garoto se pôs a rir, pois nunca tinha visto um uniforme de soldado, eu pensei, mas não era só isso: trinta metros pra cima, ele disse. Trinta metros pra cima. Demorei a entender, então virei as costas e trinta metros pra cima descobri a passagem pelo mato até a ponte de arame.

E o ônibus, ah, um conforto nunca visto. Até agora com o barulho do motor entupindo os ouvidos. Até dormir. Um instantinho.

Que não, namorada nenhuma, umas moças muito assanhadas se exibindo. Logo na chegada ao quartel, até os companheiros caçoavam, de matuto pra cima. Mas só nos primeiros dias. Pouco se sai do quartel e as meninas fogem de soldado, que não têm boa fama, porque dá o tempo da baixa e eles somem para suas terras. Umas, as mal faladas, essas não, elas só querem saber de rapaz fardado, que não vem com história de namoro firme pensando em casamento. Mas que, bem, algumas são muito bonitas.

A comida sempre na mesma hora. Muita variedade, não, que o volume maior era do feijão com arroz, e quase todos os dias uma coisa nova, de carnes preparadas dos modos mais estranhos, legumes que ele desconhecia, nunca tinha comido tomate, e muita verdura. Rúcula e agrião, chicória, couve, repolho, tudo que é tipo. No início, ficava olhando o que faziam os demais, porque no lugar de cada um, além do prato, um garfo e uma faca. Que sim, com garfo.

– Mas a gente aprende rápido.

À noite, muitas vezes, um prato de sopa com um pedaço de pão. Sopa bem quente, principalmente em dia frio.

A noite acaba de descer do alto do morro e se espalha pela encosta no caminho da várzea. O vozerio de passarinhos se ajeitando na copa das árvores para passar o tempo da escuridão interrompe a conversa de Modesto, que joga os olhos na parede e se queda ouvindo aquela música.

– Estava com saudade desta barulhama.

Pois é, um cabo é superior a um soldado e inferior a um sargento. Um dia, o exercício era se arrastar num campo com um fuzil na mão. Fuzil, metralhadora, granada, na infantaria se aprende a lidar com essas armas. Um fuzil na mão. Como um lagarto. Lá de cima, o sargento Azevedo só olhava e eu acho que nem olhava porque os cabos é que acompanhavam os praças, sim, praça também, e com muita estupidez gritavam seus comandos. O cabo Maurício chegou perto de mim e disse assim, olhaqui, seu capiau, te arrasta direito senão te arrebento. Mas eu estava me arrastando direito. E ele, não tendo mais o que dizer, deu um comando, Entra te arrastando no pantanal, soldado! Deitado como estava, olhei pra ele e disse que não entrava. Te boto na cadeia por insubordinação. Levantei só a cabeça pra que ele ouvisse bem e disse baixinho de modo que só ele ouvisse, E eu te mato, cara. Ficou meu amigo até hoje.

A mãe e os irmãos inflam ao lado de tamanho poder. Que é peixinho de um tenente, e com paciência expõe sua nova sabedoria, o sentido das frases. Se com medo? Mas claro. Aquilo tudo chacoalhando em cima da água, se não me seguro firme com as mãos parece que despencava lá de cima. Mesmo assim concorda que foi uma ótima ideia.

– Esta cambada aí desce pro rio dizendo que vão pescar. Me contaram que a maior parte do tempo eles ficam correndo de um lado pra outro em cima daquela ponte.

Os dois rapazes arrebentam em gargalhadas pois não sabiam que a notícia daquele costume já tinha chegado ali no alto do morro. Que sim, era verdade, porém sempre traziam algum peixe pra comer.

Em volta da mesa desce então o silêncio, e os primeiros ruídos realmente noturnos como o trilar dos grilos, o pio de mau agouro de alguma coruja distante, o assobio do vento nos cantos do telhado, são ouvidos com respeito pagão. São os ruídos com que mantêm a certeza de que a vida permanece em seu ambiente. Modesto é quem retoma a conversação.

A melhor novidade, contudo, era a chegada da eletricidade. Postes em toda a extensão da estrada. E os fios esticados. E dois fios saindo para os lados, as casas de sítios e fazendas, levando a claridade e a força para mover motores. Produção maior com menor esforço.

– E a senhora, mãe, não vai puxar os fios até aqui?

Esse era também um pedido dos outros filhos, pedido insistente que tinha dado muita briga na família. Os outros conheciam as opiniões da mãe, então não queriam olhar pra ela nem para o irmão, cabeças baixas, ouvindo. Ouvindo o que já sabiam.

– Não, Modesto, já me informei lá em baixo. Sai muito caro para espichar a rede até aqui, e depois, tem de pagar pelo consumo todo mês. Não, nós não podemos. Com a tua saída, as coisas ficaram mais apertadas aqui em casa. Os teus braços fazem muita falta. A Zuleide cuida da casa e de umas miudezas aqui em volta, mas é só. Na roça mesmo, no pesado, só eu e os dois marmanjos, que ajudam, mas não são grande coisa no serviço.

Modesto coça a cabeça impaciente, com leve sentimento de remorso, e não desiste de continuar falando, conta à família que agora o Brasil já tem outra capital, uma cidade construída para esse fim. Os demais em volta da mesa ficam maravilhados com seus conhecimentos, principalmente a mãe, que até um pouco de História do Brasil tinha estudado quando criança.

A conversa entra noite adentro até bem tarde, quando os três filhos começam a bocejar. Florinda observa que é hora de dormir. Modesto se levanta e começa a se desfazer do uniforme sob o olhar da mãe, que comenta:

– O único que saiu com a cara do pai.

Ninguém mais está interessado em encompridar assunto e a família toda some nos respectivos quartos.

– Vai olhando.

Florinda despeja duas canecas de farinha na gamela, derrama um pouco menos de meio litro de água sobre a farinha, joga por cima um tanto de sal. Mexe tudo com as mãos até a massa ficar grudenta. Forma então uma bola que coloca sobre a mesa polvilhada de farinha seca. Cobre a bola com um pano levemente úmido.

– Agora precisa descansar um pouco.

Há uma semana que não comiam pão: acabada a farinha e acabado o dinheiro. Como sucedâneo, ela preparava uma panela de angu, que a família comia de manhã e à noite com leite e café. Mas a farinha de milho também estava perto do fim.

A mulher sabia que na venda de Fulgêncio conseguiria o que quisesse mesmo sem dinheiro. Nestes últimos anos as propostas do vendeiro, por nunca obter o que desejava, tornavam-se até mais insistentes.

Não encontrou outra solução: mandou Breno à venda de Fulgêncio propondo a venda do bezerro, que por aqueles dias tinha desmamado. Uma pena, tinha dito o filho, porque ele ainda está muito pequeno. Se desse para esperar uns meses, quem sabe um ano, pegaria mais peso e maior preço. Mesmo contrariado, entendeu que a mãe tinha razão – flor de píretro, semente de mamona, ovos, queijo, mel, tudo isso já tinham vendido naqueles meses.

Dois dias depois da proposta feita por Breno, subiu uma carroça puxada por dois cavalos de bela figura até a chapada do campinho. Agora a venda de Fulgêncio já contava com um caminhão que, dirigido pelo filho mais velho de Fulgêncio, percorria aquelas estradas da várzea recolhendo a produção de sítios e fazendas. Mas ali, no morro do Caipora, só subia mesmo carroça. Não era estrada para pneu e motor. E quem vinha conduzindo a carroça? Ora, ele não poderia perder aquela oportunidade.

– E tu fica o tempo todo do meu lado, tá ouvindo?

Fulgêncio desceu da carroça, ergueu o chapéu num cumprimento cerimonioso e perguntou pelo bezerro. Florinda apontou para a cancela, atrás da qual Breno segurava a corda que prendia o pequeno animal. O homem não deu a menor importância ao suposto objeto de sua visita. Mas também não avançou em seus propósitos por causa do filho dela, ali a cinco metros de distância.

– Quanto dá por ele? – perguntou Florinda.

Um olhar oblíquo apenas, fingindo que o avaliava.

– Bem, mas tu sabe muito bem que isso depende.

A mulher conhecia muito bem o seguimento do diálogo e pensou rapidamente tentando uma fuga, mas, como se estivesse despencando num despenhadeiro, um sonho seu tão frequente, acabou entrando no assunto.

– Depende de quê?

A mais ou menos cinco metros, com uma corda na mão, Breno estava atento ao diálogo enquanto forcejava por manter perto de si o bezerro, que não sabia nada da história mesmo assim dava sinais de que não estava muito contente ali parado preso por uma corda.

Aborrecido era também como se encontrava Fulgêncio, que não via razão nenhuma para a presença daquele rapazote ali perto mesmo que do outro lado da cancela, mas prestando muita atenção ao que se falava. Movia os olhos de Florinda para Breno, então olhava o céu de poucas nuvens e os raios de sol que furavam o arvoredo à sua frente, e voltava a encarar Florinda, depois relanceava Breno de passagem, dando a entender que o rapaz estava atrapalhando, e que ele bem podia deixar o negócio por conta da mãe enquanto fosse cuidar de outros serviços.

Em lugares de população rarefeita, as notícias demoram mais para se deslocar. Mas acabam chegando. Quando uma pessoa se muda para um lugar distante, não carrega suas histórias na mala. Elas demoram, mas chegam. A história do modo como Florinda tinha acabado por casar com o noivo de Marialva, apesar da distância em que tinha acontecido, deveria ter chegado a Pedra Azul já havia algum tempo. Os vizinhos são os primeiros a ficar sabendo as notícias do que ocorre com os vizinhos, por boca dos próprios, quase sempre pelos empregados que relatam tudo e pedem segredo. Os vizinhos não se contentam em saber mais que outros vizinhos e compartilham as notícias. Então, lentamente, as notícias sobem e descem morros, atravessam rios e charcos, são comentadas na missa das nove, viajam até a próxima paróquia e eis que um dia chegam aos pés da pessoa que se mudou.

Mãe e filha voltam à mesa onde a massa descansa. Florinda estende a massa novamente e com as duas mãos a esmurra, enrola, estende, amassa, forma outro bolo que leva para o quarto e o coloca sobre uma toalha de louça, cobrindo a massa com um pano.

– Agora, é preciso deixar dormindo uma meia hora ou mais para que o fermento estufe a bolota. Então a gente deixa ela abafada e vamos cuidar de outra coisa.

A filha vai recolher a roupa, que já está seca, pendurada na cerca enquanto a mãe carrega do poço a água num balde com que deve encher a talha. É um peso que Zuleide ainda não suporta.

A negociação não foi muito demorada em virtude da presença inabalável de Breno, um pedido de sua mãe. Fulgêncio, depois de aceita sua oferta, abriu a carteira, contou algumas cédulas e as entregou a Florinda.

– E quem é que vai botar este terneiro em cima da carroça?

Fulgêncio sorriu até com um pouco de raiva. Manobrou a carroça até que encostasse em um barranco na beira da estrada. Depois de escalar o barranco com o animal, conduziu-o para cima da carroça e o prendeu com a maior facilidade.

– Tem muito que aprender ainda esta rapaziada.

Florinda percebeu a irritação do vendeiro e sabia suas razões, por isso esperou que a carroça desaparecesse na descida para soltar sua gargalhada. Quem não entendeu nada foi Breno.

– Rindo por quê?

A mãe olhou séria para o filho.

– Encilha o cavalo e vai lá embaixo fazer umas compras pra mim. Mas vai até a venda do seu Eugênio. Ele é mais barateiro.

A bolota de massa está inchada e volta para cima da mesa. Florinda unta com banha as formas, que vai enchendo com pedaços da bolota que quebra com as mãos. Cobre tudo novamente com uma toalha e deixa ali em repouso. Espia a altura do sol pela janela. Não está atrasada.

– Agora vem comigo. Vai olhando como é que se bota fogo no forno.

ZULEIDE move os lábios e sua voz é um sopro que não chega a encorpar palavras, mesmo assim Florinda se incomoda.

– Filha, tu tem de ler só com o pensamento. Não precisa ficar dizendo o que lê.

Em volta da mesa, o lampião de carbureto ao centro, todos cochicham, porque é noite e a noite é a hora do silêncio. Se o gato-do-mato mia ou Sultão longe de casa late, se pia uma coruja no alto das árvores, tudo isso é amaciado porque a noite, ali no alto do morro e no meio do mato, é a habitação dos seres, aqueles que nunca se veem, mas em que todos acreditam. Não são duendes, sacis, elfos ou gnomos, os seres da tradição, de que nunca ouviram falar. Mas habitam em aldeias muito pequenas e têm carroças e cavalos, e trabalham em suas roças, e não passam de trinta centímetros de altura, e desaparecem no fundo da terra quando algum humano se aproxima. Os filhos de Florinda inventam os tais seres para terem em quem acreditar. Por isso à noite só se deve falar muito baixo.

A claridade deste lampião é um júbilo para a família. Algum tempo atrás, faltaram as pedras de carbureto e tiveram de se contentar com o lampião a querosene, com sua luz mortiça e amarela, além da fumaça preta que de preto colore as narinas.

Enquanto Zuleide volta à leitura do livro, Breno e Ernesto quebram a cabeça para resolver os problemas de aritmética propostos pela mãe. E ela, Florinda, à mão, mas com a exatidão de uma máquina, vai cosendo um vestido para a filha. Com doze anos, não fica bem a menina ficar usando vestidos que só descem até meia coxa, expondo as pernas. Não é mais uma criança. Moça, justifica a mãe, tem que ter mais recato.

– Fica mostrando essas pernas.

– Mas que mostrando, mãe, se eu nunca saio de casa.

– Sair não sai, eu sei, mas bem que eu vi outro dia como aquele Fulgêncio te engoliu com os olhos quando tu ia passando com o balaio. Pensei que ele fosse te queimar viva.

Ernesto se levanta e caminha até a talha.

– O que foi, Ernesto?

– Ué, não se pode nem tomar água? Estou com sede.

Mania de tomar água a esta hora, é o pensamento silencioso de Florinda, por isso que até os doze anos de vez em quando esse menino molhava o lençol e o colchão. A tortura de lavar e secar com muita frequência tinha acabado, mas esta sede noturna explicava quase tudo.

Florinda suspende a costura.

– Vocês já pensaram que no mês que vem o Modesto vai estar de volta em casa?

E como a mãe não contivesse a voz nos limites do cochicho, todos comentam o fato com muita alegria. E em voz alta.

– Nossos apertos vão acabar, crianças. O Modesto fez muita falta na roça.

Com o lápis na mão, Breno ergue as sobrancelhas, inconformado.

– A senhora está querendo dizer que o meu serviço não valeu de nada?

– Não, Breno, não é isso. É que de seis braços na roça, ficamos reduzidos por um ano a quatro. Tu e eu, nós dois. Deixamos de produzir muita coisa porque não dava tempo, concorda?

O pio agourento da coruja, que chega de muito perto, interrompe a conversa, imobiliza a agulha, os lápis ficam esquecidos e o livro é fechado. As quatro cabeças levantadas com ouvidos que afinam e investigam as cercanias da casa. Só Breno se levanta porque precisa fechar a janela. O tempo do silêncio escorre e escapa pelas frestas da cozinha, único lugar do morro em que ainda se faz dia. Ali dentro, os quatro, ao redor da mesa, como numa fortaleza.

Enfim, acaba o tempo de auscultar a noite, e Florinda adverte os filhos.

– Amanhã, quero todos vocês ajudando a colher o píretro. Não dá grande coisa, mas ajuda.

Aos poucos abandonam suas tarefas noturnas e vão saindo da mesa. Cada um deles, à sua maneira, pensa em Modesto, que vai chegar no mês que vem.

O ônibus das cinco está atrasado, o ronco de ainda há pouco era de um caminhão que subia para os lados do Matão, a serra. Em seguida uma camionete, aquela perua dos Protásio do moinho. Mas o barulho é muito diferente. A limpeza do feijão tem dois motivos: é preciso capinar um mato que vem viçoso; e está num lugar alto e sem obstáculo para que se vejam alguns trechos da estrada, do outro lado.

Faz uma semana que a família toda está de olhos e ouvidos abertos e voltados para a várzea, onde pouco antes e muito depois das cinco nada passa pela estrada que não seja visto por alguém ali dos Teixeira. Mas cavalo, carroça, carreta, camionete ou caminhão, nada disso interessa. Com a concentração dos sentidos no ônibus, qualquer um deles conseguia identificá-lo mesmo sem o ver.

Já passa um pouco das cinco quando Florinda para e se escora no cabo da enxada. Deve estar passando pela venda do seu Eugênio, e ela aguça todos os sentidos. Os filhos também param. Zuleide chega correndo, suada, com olhos e com cabelo grudado no rosto. Então ele aparece, mancha cinza, numa falha do mato ciliar. E avança lento, e os corações, mais uma vez, se alteram num ritmo doido, na expectativa: para ou passa?

Na frente da igreja, o ônibus para, e ali na roça ninguém mais respira.

O ônibus arranca e deixa na paisagem um homem de pé com a mala na mão direita e uma sacola na esquerda. Os quatro, no alto do morro, pulam e gritam em alegria desvairada.

– Desce correndo, Breno. Vai até a ponte e traz ele na garupa do cavalo.

O filho desce o morro exigindo a rebenque um galope do cavalo que arrisca quebrar o pescoço de ambos, caso um tropeço do animal. Ao chegar à várzea e enveredar pela entrada para a ponte, já encontra o irmão do lado de cá. Ele pula de cima do animal, quase cai no terreno irregular e endireita o corpo olhando a cara do irmão, e rindo, com os braços abertos para o abraço.

Ernesto e Zuleide correm como podem pela irregularidade da estradinha ladeira abaixo e atrás deles vem Sultão, cujo entendimento só vai até a percepção de que existe uma correria, para ele uma diversão. Já estão perto da estrada quando avistam o cavalo com dois passageiros. Então param à espera, e gritam, e riem, e abanam pulando porque estão em estado de festa.

Modesto pula da garupa com facilidade, convencido de não haver esquecido os hábitos da roça de que viera despedir-se. Rola na estrada com o casal de irmãos, sujos de terra, daquela terra de que tinha tirado seu sustento, que lhes dera a vida, enquanto Breno, com a mala atravessada em sua frente, segue no passo moroso e difícil do cavalo na subida. A estradinha precisa de alguns reparos, ele observa. As últimas chuvas, com verdadeiros rios descendo por ali com violência, haviam deixado valas profundas, que é preciso corrigir para evitar algum desastre. Ele olha para trás e vê subindo a pé os três irmãos de mãos dadas. E ele sente uma alegria tão grande e silenciosa que um nó lhe aperta a garganta e algumas lágrimas lambuzam seu rosto.

Sentada no barranco em frente à cancela do potreiro, Florinda esplende muita alegria com o brilho de seus olhos. E não para de rir a partir do momento em que vê os três filhos, tendo à frente Sultão, escalando o morro, seu morro, pela estrada que faz parte de seu território. Modesto parece mais alto e mais encorpado: homem. E não vem fardado como da outra vez. Com um pequeno impulso, Florinda voa caindo em cima dos dois pés no meio do caminho para receber o abraço daquele filho.

Meio embolados, todos cinco sobem para casa. Na metade da subida, Florinda ordena o encerramento do dia, só isso, ninguém mais trabalha hoje, ela grita. Ernesto e Breno saem a recolher ferramentas, botar pasto para os animais e só não fecham ainda o galinheiro porque o Sol mal toca as grimpas das árvores dos lados do poente, e as galinhas cacarejam pelo terreiro a cata do que comer. Por fim, reúnem-se aos outros na cozinha, cujo ar parece mais denso com o aroma do café.

– O bolo quem fez foi a Zuleide.

Modesto levanta-se da cadeira para dar um beijo na menina. Quantos, treze?

Florinda põe-se a falar como raramente fala, destrambelhada, delirante e exaltadamente feliz, porque agora, meus filhos, agora nossa vida vai melhorar, não precisamos mais ter medo do futuro. E em volta da mesa, tomando café e comendo fatias de bolo, a família agora recomposta parece um organismo, único e forte, depois de um ano de privações e sustos.

Finalmente a mulher se cala e ninguém tem coragem para romper o silêncio que se segue, até que, finalmente e com extremo esforço, Modesto declara a morte daqueles sonhos.

– Mãe, não quero que a senhora continue sonhando. Eu vim me despedir.

– Como assim, despedir! – e seu grito sobe dos intestinos, urro de fera acuada.

Enquanto Modesto explica sua intenção de não passar a vida inteira arrancando miséria daquelas ladeiras cobertas de pedras, um terreno impróprio para se trabalhar com arado, o mato constantemente tomando conta de tudo, os irmãos limpam as lágrimas com as costas das mãos e fungam, como se a vida não tivesse mais solução. Até emprego tratado, mãe, com salário ajustado, entendem vocês?, para ganhar em um mês o que aqui não ganharia em um ano de trabalho desmedido.

Florinda cala-se e empalidece. Então vai continuar tudo como até agora?

Que não, trabalhando no matadouro poderá ajudar muito mais do que se continuasse no morro.

As fisionomias vão sendo dissolvidas pela sombra que penetra com um ar mais fresco pela janela aberta. Florinda manda que Breno acenda o lampião.

– Então, esta que era pra ser uma festa de volta pra casa é uma festa de despedida.

Mesmo com a responsabilidade de um soldado, o herói viril da família, Modesto deita a cabeça na mesa escondendo o rosto, pois não contém mais as lágrimas que brotam como um olho-d'água. Os borbotões. Seu corpo é sacudido por soluços que levam todos os demais em volta da mesa a acompanhá-lo na choradeira.

Vai ser uma noite muito triste para todos eles.

À SOMBRA de um mata-olho, Florinda calcula. Daqui até aquela pedra que parece um barco, uns dois dias. Se o Ernesto levantar da cama. Esta gripe não veio numa hora boa. Sem ele, vamos gastar o resto da semana. Com passo largo, mede a largura do terreno. Primeiro aparece o cachorro, com a imensa língua pendurada, em seguida surge Breno, com a enxada às costas.

– Que tiro foi aquilo, meu filho?

– Uma capivara que o Sultão levantou na sanga lá em cima. Fiquei escondido esperando, e eles vinham descendo, quando vi, ela parou a uns dez metros de distância. Foi um tiro só. Gorda, mãe, comida pra muitos dias.

Florinda afaga a cabeça do cachorro. Que vai ficando velho sem perder a vivacidade.

– Por isso que ele está sujo deste jeito.

– Oh, mãe, eu estava reparando, aquele pedaço de terra lá do outro lado da sanga, sabe, colhemos muita batata lá o ano passado.

– Que é que tem lá?

– O mato tomou conta de tudo.

Florinda continua afagando a cabeça de Sultão.

– Eu sei, meu filho. Sem o Modesto e com a saúde fraca do teu irmão, só nós dois não damos conta da terra. Tu viu se o Ernesto levantou?

Breno faz uma careta de desagrado e sacode a cabeça.

– A Zuleide está cuidando dele, mas não sei não, a febre parece que aumentou. A testa do Ernesto é uma fogueira.

Florinda ergue o corpo, preocupada. Já não pode ser apenas uma gripe qualquer, que em três dias de cama passa. E agora o problema não é a falta de mais dois braços na roça, é a gravidade da saúde do filho. Recomenda a Breno que vá começando a limpeza do terreno e desce quase correndo na direção de casa. Seu coração, há tanto tempo empedrado, tem momentos em que amolece, e bate, bate como se quisesse fugir daquele peito.

A mulher sobe a escada da cozinha ofegante e vai direto para o quarto. Encontra Zuleide ao lado do irmão, com uma caneca na mão, e lágrimas nos olhos.

– Ele está variando, mãe.

Florinda joga-se na cama, as costas da mão na testa do filho, que abre os olhos e tenta um sorriso para a mãe. Mas o sorriso é cortado pela dor.

– Aqui, mãe, nas costas. Dói muito até pra respirar.

A mãe não titubeia. Ordena que Zuleide vá correndo chamar Breno.

Não, a cavalo não, que ele não pode montar.

– Eu sei que é mais rápido, Breno, mas ele não tem condições de montar. Prepara a carreta, Breno, e correndo. Vamos pro Angico.

– Eu também quero ir.

– Não precisa. Tu fica aqui, minha filha.

Enrolado num cobertor, Breno e Florinda carregam Ernesto para a carreta com bastante dificuldade, pois o declive é bem acentuado. Finalmente acomodam o rapaz sobre pelegos no fundo da carreta e o agasalham com um acolchoado de penas. Ele sua e se queixa de dor nas costas, principalmente quando tosse. De vez em quando geme e seus olhos se enchem de lágrimas.

Mas era uma gripe sem poder que começou com aquele resfriado ele chegou correndo escorregando encharcado e não quis trocar de roupa por isso no dia seguinte estava corado como se tivesse tomado muito sol e tremia mesmo assim foi trabalhar e eu disse não vai mas ele foi porque era preciso terminar a cerca estragada da horta daí à noite se queixou um pouco e tinha um pouco de febre depois de tomar uns chás por três dias principalmente chá de hortelã com suco de limão e mel que eu aprendi com meu pai parecia estar melhor e assim é que foi a vida correndo normal então em uma semana ainda tinha o nariz vermelho de tanto se assoar e começou a sentir dores no corpo então era gripe e não apenas um simples resfriado depois começou a tossir e há dois dias não conseguiu sair da cama por causa da gripe mas uma gripezinha xumbrega como de vez em quando derruba o menino ele com suas fraquezas por uns dois ou três dias foi assim.

A casa não aparece mais, tampouco as roças, agora é a descida para a várzea e a viagem pela estrada real. O dia está firme, poucas e esparsas nuvens fazendo pequenas manchas de sombra nos morros adjacentes. Sem ter o que fazer além de limpar a testa do filho com um pano úmido, Florinda tenta botar em ordem os acontecimentos, convencida de que o médico vai fazer perguntas.

Vão surgindo as primeiras casas do Angico, melhorando o ânimo de Florinda. Faz quase uma hora que Ernesto só geme e não abre mais os olhos. Sua testa continua uma fogueira e às vezes ele parece estar dizendo alguma coisa. A febre é que provoca o delírio. Breno pergunta à mãe onde fica a casa do médico, mas ela não se lembra mais. É tudo igual, meu filho. Quando solteira, em mais de uma ocasião estivera no consultório, mas não havia tanta casa, nem eram tão iguais.

No primeiro armazém, Breno faz uma parada, pula no chão e vai pedir informações. Não está longe, ele informa na volta. Depois daquele sobrado azul. É lá.

A porta está aberta e Breno entra na sala de espera onde não há ninguém. Cinco cadeiras de palhinha, algumas revistas sobre uma mesinha de centro, tudo coberto de penumbra que nem o diploma da parede pode ser visto direito. O rapaz bate palmas e uma mocinha com cara de empregada por causa do lenço na cabeça, enfia a cara na sala e pergunta o que é. Breno explica que na carreta, seu irmão muito mal, delirando, com febre muito alta. A mocinha escuta paciente e informa:

– Mas agora o doutor está no almoço. Tem de esperar.

Breno volta para o sol e sobe ao banco na carreta. A mãe se desespera com a informação.

– Fica aqui, meu filho. Eu vou lá.

Ela entra no consultório e só para na sala de jantar, onde surpreende a família em volta da mesa. As pessoas parecem entrar em pânico, com a entrada daquela mulher estranha.

– Doutor, meu filho está muito mal. O senhor precisa dar uma olhada nele. Está aí na frente, em cima da carreta.

As pessoas em volta da mesa entreolham-se espantadas. O médico limpa os lábios com um guardanapo e se levanta.

– Então vamos lá ver o paciente.

Depois de um rápido exame, o médico ajuda a transportar Ernesto para seu consultório. Ausculta melhor, faz as perguntas necessárias. Por fim, sacode a cabeça, com um rosto de músculos contraídos e os olhos quase fechados pelas sobrancelhas que se espremem.

– Vocês chegaram muito tarde. Vou tentar alguma coisa, dona, mas a senhora não tenha muita esperança.

Duas cabeças de criança aparecem à porta e o médico as enxota. Sobre a mesa ao lado da padiola, a chama azul do álcool inflamado ferve a água para esterilizar o aparelho de injeção. O médico desaparece por uma porta lateral e em segundos está de volta com um frasco. Ele age rápido e em silêncio. De vez em quando repete: Chegaram muito tarde. Aplica a injeção, ausculta o peito do rapaz, mede-lhe a febre e a pressão, tudo ao mesmo tempo, correndo. É a luta contra a morte.

Por fim, exausto, o médico limpa o suor da testa com o antebraço, cruza os dedos sobre a barriga e diz para Florinda que ela deve ser forte, mas teu filho não vive mais.

– Uma pena, ele conforta, um rapaz tão bonito. Se umas duas horas antes.

Os gritos de Florinda atraem para o consultório Breno, que estava na sala de espera e os familiares do médico, que aparecem em bando na porta.

O VENTO que vem do sul varre a várzea, dobra as árvores, encaranga os dedos e zumbe nos ouvidos em ondas sonoras. O inverno está para encerrar suas atividades, por isso manda nestas lufadas seus últimos recados. A noite já começa a chegar mais cedo e Breno sobe do potreiro com um balaio vazio, deixando nos cochos a ração noturna dos animais. Florinda e Zuleide, encolhidas na cozinha, aquecem os pés no braseiro de uma lata sob a mesa.

Na base da escada o rapaz grita pela mãe, que venha ver, um vulto acaba de surgir onde o ônibus tinha parado. Um vulto. E ele se movimenta na direção da ponte de arame. Mãe e filha aparecem na porta querendo que seja verdade, que, enfim, Modesto tenha recebido o recado. O vulto desaparece encoberto pelas árvores da beira do rio. Os três fazem um silêncio de respiração suspensa, que o vento que vem do sul torna inútil.

Parados ali, contra o vento, nos fundos da casa. Porque ali, onde ela é mais viva, a casa não é só cozinha e dormitório, ela é galpão e paiol, é forno e poço, e é dali que se descortina o mundo inclinado, a paisagem com trechos de estrada, e, pouco adiante, a várzea, onde tudo existe. Não se movem até que reapareça o vulto, então as duas descem para o terreiro, intrigadas, e Breno, inconformado, comenta:

– É um padre.

Veste preta e longa, o vulto lentamente avança.

Demora muito para que o cão dê o primeiro sinal. Começa erguendo a cabeça, então retesa as orelhas e sua garganta produz um som como se fosse uma tosse. E para. Sabe que algo acontece na estradinha, mas sua acuidade auditiva não distingue outra coisa além de passos de bota no croc-croc das pedras do caminho. Repete o som gutural que parece uma tosse e se levanta. O pelo de seu dorso está eriçado. Teso e atento espera bom tempo.

– Um padre?

Numa curva na altura de onde sai a estrada horizontal para seus vizinhos, Zuleide o vislumbra e confirma com a pergunta.

Súbito, Sultão se põe a correr morro abaixo. Latindo. A imagem esfumada vai ganhando nitidez e no alto de uma roupa longa e preta delineia-se a cabeça de Modesto.

– É o Modesto! – em coro a três vozes.

Os três se soltam a correr na ladeira, indecisos entre a alegria de ver o membro desgarrado da família e a tristeza por encontrá-lo depois da partida de Ernesto. Por isso, os lábios sorriem ao mesmo tempo em que os olhos choram.

Modesto abraça os três num único abraço e os quatro se contentam em derramar suas lágrimas sem nada dizer. Dizer o quê?

Mas o vento espanta-os para cima até se abrigarem em casa. Florinda, descontente por não ter preparado nada de especial para receber o filho, passa-lhe uma falsa repreensão por não ter avisado que vinha. Aos poucos as notícias vão substituindo a tristeza, e só pesa sobre eles novo silêncio quando Modesto declara que na manhã seguinte pretende visitar o cemitério: uma despedida.

Zuleide vai para o fogão, porque já começa a escurecer e adivinha a fome do irmão, sabe-se lá desde que hora viajando. Ele consegue rir da perspicácia da menina, e, vendo-a mover-se nos preparativos do jantar, comenta que já está moça esta minha irmãzinha. E que moça, acrescenta com fingida malícia para a alegria de todos.

Finalmente Breno rasga a capa da curiosidade e diz que se tinham enganado todos eles pensando que fosse um padre a subir o morro – mas que roupa é essa? Modesto se levanta e abre o sobretudo, mostrando o resto de seu quente vestuário. No inverno, umas coisas assim é que vocês deviam usar em lugar desses trapos velhos.

– Não seja bobo, Modesto. Então acha que aqui, perdidos neste mato, a gente ia se vestir com umas roupas bonitas e caras como as tuas? Aqui em cima qualquer trapo serve, desde que esquente.

Ele fica meio sem graça ao perceber a bobagem que tinha dito. Sua família, Modesto sabe muito bem, só raramente vê algum dinheiro e por aqui ninguém compra nada a prestação, como na cidade. Pra aliviar um pouco sua arrogância, confessa que ainda tem sete meses de prestações para pagar do sobretudo. E emenda a conversa perguntando sobre a roça.

Dificuldades crescentes, agora que reduzidos aos três, pensando em começar a vender algumas galinhas, uns leitões, e mesmo os bezerros que esperavam crescimento para pegar preço. Das duas vacas não podiam se desfazer para não ficarem sem leite. E os cavalos, bem, já estavam só com dois, um deles com uma das patas machucada por falta de ferradura, porque depois da morte do Donato, aquele filho mais velho dele, que ficou com a ferraria, não trabalhava direito. Em pouco mais de uma semana o cavalo já estava pisando direto no casco e estropiado de uma pata. E o mato, Modesto, o mato tomando conta de alguns roçados, porque não davam conta de cuidar de tudo.

O filho mais velho serve-se de uma coxa de galinha, um pouco de arroz, bastante feijão e duas batatas-doces. Leva à boca a primeira garfada sob o olhar admirado da mãe e dos irmãos, que ainda comem sempre de colher. As mudanças, pensam eles. O jantar é uma homenagem ao filho que agora é gente de cidade, rompendo o hábito de comerem um pedaço de pão com café, que além de leve é mais econômico. Para a farinha, sempre colhem alguns sacos de milho. E Zuleide tem mão para os milagres com que delicia a mãe e o irmão. Modesto ouve em silêncio a mãe falar sobre os sacrifícios por que vão passando e sente-se culpado, como se tivesse cometido uma traição, um ato ignominioso ao deixar o morro. Antes, quando ainda vivia com a família, a mãe pouco falava em dificuldades, e, se falava, era sempre com um tom de voz diferente em que transparecia alguma esperança. Agora ela parece derrotada.

Depois da roça, as pessoas, os conhecidos e suas notícias.

Finalmente Modesto espera uma pausa no assunto e se encoraja.

– Mãe, não quero que a senhora sofra com a notícia. A senhora promete?

– Que notícia, Modesto? – sua voz treme e trai a ansiedade, talvez medo.

– A senhora promete?

– Promete o quê, Modesto?

– Que não vai sofrer.

– Deixa de ser bobo, menino. Então como é que posso prometer alguma coisa se nem sei o que tu vai dizer.

Ele paira o olhar sobre a mesa sem ver, pensa um instante e se abre.

– É o seguinte: nesta viagem, do meu lado sentou um homem que me perguntou de onde eu era, e expliquei que tinha nascido aqui, na Pedra Azul, mas que agora trabalhava num frigorífico na cidade. Ele disse que conhecia muita gente em Pedra Azul e perguntou quem era meu pai. Contei assim mais ou menos, que há muitos anos ele tinha desaparecido e a gente nunca mais teve notícia dele. Por fim, ele insistiu e eu disse o nome do pai. Então ele me olhou com cara de assustado e disse, mas esse homem é meu amigo. Ele vive com a viúva Marialva, em Jacutinga.

Tremem os lábios de Florinda, e por eles passam palavras inaudíveis. Seus olhos despacham chispas de ódio na direção do filho por ter trazido tal notícia. Segue-se um longo silêncio que deixa entrarem pela janela aberta os ruídos da noite que, por causa do frio e do vento, não são muitos.

Por fim, cansados de tristeza e como a violência do vento arrefece rapidamente, o visitante convida os parentes a saírem para o quintal, saudade destas noites daqui, ele argumenta.

Os quatro saem para os fundos, afastando-se um pouco da casa com uma visão mais ampla da noite e dos morros distantes. Modesto olha para o céu sem nuvens, de lua clara e frígida, e respira fundo, como se quisesse sorver o ar de toda aquela amplidão: o infinito.

– Há muito tempo não via uma noite assim tão estrelada. A iluminação da cidade esconde as estrelas, mãe.

– Esconde muita coisa –, ela responde em tom de acusação, que ele finge não entender.

Em volta da família, Sultão corre para um lado e outro fazendo festa, contente com a cena inusitada. De repente sai em disparada morro acima, latindo seu latido guerreiro. Algum bicho, eles pensam sem dar importância a uma coisa tão corriqueira.

De longe, talvez dos vizinhos do lado norte do morro, chega uma cantiga conhecida, mas que é preciso calar para ouvir, tão fraca ela vem carregada pelo vento mais fraco. Zuleide aos poucos começa a cantar também.

Rio abaixo, rio acima,
cantando pra não chorar,
uí-lai-lai, uí-lai-loi,
cantando pra não chorar
uí-lai-loi

A última sílaba se prolonga por alguns segundos. Na retomada, Breno faz a segunda voz para acompanhar a irmã.

Sentadinho numa pedra
vendo os peixinhos nadar
uí-lai-lai, uí-lai-loi,
vendo os peixinhos nadar
uí-lai-loi.

O vento muda de direção e nada mais se ouve de alguém que compensa a extrema solidão no oco da noite, com aquela cantiga melancólica, com o cheiro do mato das encostas íngremes, e expressão da nostalgia de uma vida que só conhece de notícias.

– Esta noite vai gear.

A observação de Modesto alegra a mãe.

– Pensei que já tivesse esquecido estas coisas daqui.

– O lugar onde me criei, mãe, nem querendo consigo esquecer. O vento foi embora, o frio está aumentando: é geada na certa. E vocês cobriram as ramas de mandioca e aipim?

Os três dão gargalhadas, como se Modesto tivesse dito uma bobagem muito grande, querendo ensiná-los a trabalhar.

– Olha só quem fala. Chega da cidade com esta roupa de padre, comendo de garfo, cheio dos trique-triques e pensa que vai ensinar a alguém o que deve fazer na roça. Não seja bobo, Modesto.

E rindo ainda os quatro voltam para dentro de casa e fogem do frio. Mesmo porque o sono começa a pesar as sobrancelhas, e resolvem dormir. Mas o sono pode ser esquivo e espantar-se com as lembranças mais recentes que se atropelam desordenadas, então só muito tarde é que ele chega. E Florinda, entre todos, é quem mais vai manter os olhos por mais tempo muito abertos, porque o ódio nascido do amor é ácido que repele o repouso.

– Mãe, isso aqui não tem futuro. Vamos embora enquanto podemos.

Florinda remenda um vestido seu, usando retalhos de roupas desmanchadas e há muito tempo guardados. Ela ergue os olhos da costura, encara o filho e nada diz. Então, em silêncio volta ao que estava fazendo.

Três outonos já se tinham passado sobre o morro do Caipora desde a primeira visita de Modesto à casa onde se criou. Outras visitas ele fez, poucas, muito espaçadas, e tentou ajudar os parentes, cuja situação piorava a cada ano. Mas não conseguia ajudar tanto quanto eles necessitavam, pois tinha seus projetos de futuro na cidade. Em cada uma das visitas, insistia com a mãe para que abandonasse aquele lugar maldito, como então afirmava.

Nesse tempo, e por extrema necessidade, os animais estavam reduzidos a um cavalo, uma vaca, uma cabrita com seus dois cabritinhos, uma porca com seus sete leitõezinhos, as galinhas no terreiro, e o cachorro. Aos poucos foram-se desfazendo dos animais por estar cada vez mais difícil mantê-los. A venda de uma das vacas assim que desmamou seu bezerro foi muito contestada por Breno, que ameaçou até com a falta de leite à mesa de manhã. Conformou-se com a promessa de substituição por uma cabra. E como era de seu feitio, não perdeu tempo. No dia seguinte o rapaz montou no cavalo com apenas um baixeiro e um pelego e com uma pequena parte do dinheiro conseguido com a venda da vaca e seu bezerro desmamado, desceu a estrada ainda sem saber por onde procurar uma cabra. Ao chegar à trilha que, horizontal, levava à vertente norte do morro, onde havia notícias da existência de alguns vizinhos, uma ideia caiu-lhe das nuvens sobre a cabeça. Seu pai, antes de desaparecer como fumaça, afirmava conhecer algumas pessoas daquele lado. Breno, enquanto se defendia dos galhos de vassourinha, que lhe arranhavam os braços e o rosto, lembrava-se espantado, com dificuldade para acreditar, que por todos aqueles anos jamais alguém de sua família tivera a curiosidade de contornar o morro, pelo menos por curiosidade, para ver o que havia do lado de lá. Foi obrigado a sofrear o cavalo várias vezes, pois o mato se tornava mais denso e era impossível defender-se dos galhos que já tinham invadido a trilha.

Perto de desanimar daquele caminho, começou a surgir uma paisagem desconhecida, tanto da várzea que acompanhava o leito do rio quanto dos morros além, que agora via pela primeira vez. Não havia diferença importante em relação ao lado sul, onde lhe era tudo familiar: ervas e cipós, as árvores e as pedras, era tudo igual. Quase uma hora de viagem quando o mato se abriu ainda mais e apareceram umas plantaçõezinhas de milho, aipim e feijão no meio das pedras, então avistou numa chapada uns casebres de pau a pique, com terreiros de terra batida, e aspecto de pobreza ainda maior do que a sua. Umas crianças, com apenas uma camisinha encardida cobrindo o dorso e aberta na frente, ao verem um cavalo se aproximando fugiram para trás dos casebres, emitindo gritos muito agudos, como leitões antes de entregarem a alma. Subiu um pequeno talude coberto de ervas e chegou à frente do casebre maior, uma espécie de sede daquela pequena vila.

– Ô, de casa!

A resposta foi o silêncio das pessoas e os latidos de um cão magro e meio assustado. Ao repetir o grito, apareceu à porta uma mulher com um pano amarrado à cabeça e usando um vestido sem cor definida, muito comprido, cobrindo até as canelas. Pela porta aberta saiu um forte cheiro de picumã, que se misturou ao cheiro de excremento de porco que era o cheiro do quintal.

Depois dos cumprimentos e de perguntar pelo marido, ficou sabendo que o homem da casa estava enterrado no cemitério. E os filhos casados estavam no mato tirando mel.

– Vim a negócio, dona. Precisava falar com quem pode resolver.

– Pode tratar comigo mesmo, que por aqui quem manda sou eu.

Breno apontou para uma cabra malhada com o úbere intumescido e cercada por dois cabritinhos e perguntou quanto queria por ela. Havia nos terrenos próximos outros caprinos, o que animou o rapaz.

– Não tá à venda, não, moço. Mas se apeia que a gente conversa melhor.

Breno saltou quase em cima do cachorro, que farejava aqueles seres desconhecidos, muito desconfiado, e com a rédea presa na mão aproximou-se da mulher. Ela tinha o nariz e os lábios finos, e a pele queimada do sol dava à mulher um aspecto que Breno desconhecia: uma pária hindu. Lado a lado o rapaz e a mulher se aproximaram da maior concentração dos animais e Breno perguntou qual das cabras ela poderia vender.

– Nenhuma tá à venda, não.

Mas estava claro que a mulher negaceava para valorizar sua mercadoria. Breno bateu no bolso estufado e disse: Aqui tem muito dinheiro. Ora, para quem praticava uma economia de subsistência, fora do mercado consumidor, aquela era uma oportunidade que não poderia perder. E o rapaz percebeu os olhos muito abertos de cupidez da mulher. Então voltou à primeira cabra, porque já parida e produzindo leite.

– Quanto quer por esta aqui?

A mulher ergueu os olhos para o céu porque estava difícil pensar, ela não tinha uma noção muito clara do valor do dinheiro. Ia dizer novamente que a cabra não estava à venda, mas ficou com medo de perder o negócio.

– Bota o senhor o preço.

Breno jogou o mais baixo que imaginou. Ela, sem muito jeito, disse que era muito pouco. Então, para liquidar logo com o negócio, ele dobrou o valor. O sorriso rasgado de orelha a orelha demonstrou que o negócio estava fechado, apesar de que nenhum dos dois tinha muita habilidade. Habilidade comercial, coisa rara por aquelas bandas.

No caminho de volta para casa, teve de manter o cavalo a passo lento, pois os dois cabritinhos eram ainda muito novos para uma viagem com pressa.

Era pouco mais de meio-dia quando uma cabra com seus cabritinhos berraram pela primeira vez naquele quintal. Posta à soga num capinzal na beira da estrada, a cabra não perdeu tempo. A família toda desceu até aquilo que se considerava mato e que agora era alimento dos novos habitantes da propriedade.

Enquanto almoçavam, Breno contou à mãe o que tinha visto naquela vila miserável. E terminou dizendo:

– É assim que nós, se a gente não sair daqui, vamos ficar.

– Não seja bobo, marmanjo, disse a mãe, mudando de assunto.

Em lugar da alfafa, podiam picar cana, quebrar pendão de milho, reforçar com mandioca, e até aquele capim mimoso na beira da sanga, tudo isso podia ajudar. Dá mais trabalho, mas não se gasta dinheiro. Florinda se lembrou de que precisava ajeitar algumas peças de roupa, serviço noturno, mas há dias não tinham mais a claridade do outro lampião.

– Não tenho mais vista pra trabalhar com este fumacento aí. Tu desce amanhã, Breno, eu preciso de algumas coisas lá de baixo.

À tarde, depois de trabalhar na horta, um pouco antes de anoitecer, Breno foi fazer a ronda das arapucas. Em uma delas, encontrou um inhambu grande e gordo, carne para vários dias. Depois do jantar, Breno e Zuleide tiveram de preparar sozinhos a ave, à luz amarela do lampião.

– Não te esquece, hein, Breno, que amanhã tu precisa descer. Umas compras. Breno!

Florinda não percebeu que o filho não estava mais na cozinha, como era hábito depois das refeições, e que a porta estava aberta. Sentado na tampa do poço, ele olhava o céu, como uma vez Modesto olhou, achando que não sentiria saudade de tanta estrela, como o irmão disse que sentia. Dali, do alto, era possível ver ao longe as lâmpadas nas casas, e lá perto da igreja, a fila de postes que iluminavam a estrada e até a entrada para a ponte de arame. Estender a rede até ali em cima era por um preço que eles não tinham condições de pagar.

– Breno!

Lá do quintal, com voz irritada, Breno perguntou o que a mãe queria. Ele se irritou com a interrupção de seus sonhos. Modesto, na última visita, tinha afirmado que um jeito a gente sempre podia dar.

Quando chegou a vez de vender um dos cavalos, o filho caiu em desespero, rebelou-se, disse que ficarem só com um animal de montaria era o mesmo que ficarem a pé, porque, se um dia precisassem de alguma urgência, ou se o cavalo se estropiasse nas pedras, então como é que podiam encontrar socorro, a passo de boi?, uma vida toda para andar meia dúzia de quilômetros.

Nesta época, Florinda já tinha desistido de virar a terra com o arado e não tinham mais tanta necessidade da carreta. A miséria que colhiam o filho do Fulgêncio Neco podia mandar recolher ali no morro. Assim, pouco depois do cavalo, a carreta e os bois também desceram para a várzea para que não faltasse comida, roupa e outros artigos de que dependiam do comércio lá de baixo.

– Entra, Breno, tá esfriando!

As alterações de comportamento nunca são gratuitas, sem significado. Agora este filho sentado na tampa do poço, o pescoço torto, a cara voltada para as estrelas e a cabeça por certo pesada de tantos sonhos, Florinda sabia muito bem o que isso significava. Havia muito que Breno vinha insistindo com a ideia de que isto aqui não é vida, porque viver com o mínimo, sem nutrir alguma ambição, um desejo de conquista, sem vislumbrar qualquer possibilidade de escapar da miséria em que viviam, ele sempre repetia, isso não me serve.

Breno escalou devagar os degraus da escada e entrou na semiclaridade. Florinda fingiu-se concentrada na louça.

– Mãe.

Ela responde sem tirar os olhos da bacia: – O que é agora, Breno?

– Eu vou embora. O Modesto vai casar, já alugou uma casa e disse que tem um quarto nos fundos. Por enquanto fico lá até me colocar também.

Finalmente Florinda enxuga as mãos e senta encarando o filho com rosto rígido. Zuleide ocupa o lugar da mãe.

– Eu já sabia que tu ia deixar nós duas sozinhas.

Breno senta-se à mesa e pega a mão da mãe.

– Não é bem assim, mãe. Mais cedo ou mais tarde vocês vão sair daqui. Então já têm onde ficar. Vou na frente pra preparar a casa onde vocês vão morar.

A irmã, ao lado, ouvia a conversa e exultava. Mas se preocupou quando viu a mãe livrar a mão presa pelo filho, e, com voz estranha, com tremura de extrema comoção, ela encerrou o assunto.

– Fui trazida aqui pra cima praticamente à força. Aqui criei meus filhos. Sozinha, sem a ajuda daquele canalha que fingia ser um homem honrado. Daqui não saio mais nem para o cemitério. Quero ser enterrada debaixo do angico ali na beira da trilha.

SENTARAM lá no canto, e lá no mesmo canto elas estão sentadas. Zuleide prende o braço da mãe e nela se defende, pois nunca estivera no mesmo espaço de tanta gente desconhecida, e alegre, e risonha, e tagarela, uma zoeira que a deixa tonta na sala de onde se retiraram os móveis para a festa. Com o braço da mãe preso pelos seus, a moça está segura, firme em seu lugar, sem o perigo de submergir no ambiente agitado.

As duas, mãe e filha, estão muito admiradas com o modo como a sala de uma casa como esta pode se transformar, com alguns enfeites, em um salão de festa. Folhas de palmeira pregadas nas paredes, cordões com bandeirolas de papel colorido atravessando o espaço diagonalmente, pequeno estrado para os músicos, com um microfone, dois tapetes de veludo dobrados sobre o peitoril das duas janelas. Breno, que trouxe os dois pratos com comida para que as duas não precisem sair de seu canto, explica que não, que o Modesto não gastou nada. A festa foi oferecida pelo pai da noiva. Não, rico, não. Funcionário do frigorífico também, só que mais antigo, em posição mais elevada.

Ao verem pela primeira vez a noiva, que desfilava pelo corredor da igreja, acharam que era alguma divindade, um ser criado pela imaginação, tão linda lhes pareceu. E os bancos, enfeitados com faixas de tule e ramos de flores, criaram o ambiente mágico em que tudo pode acontecer. Inclusive a descida de um anjo para ligar-se a Modesto. Sem o hábito de frequência à igreja, seu aspecto solene passava-lhes a ideia de que por momentos tinham tirado os pés da Terra.

Agora, ali na festa, conversando com as pessoas, sem o véu, rindo como qualquer mortal, a impressão já não é a mesma. Perdeu aquela aura angelical. Mas sua beleza, então, está mais próxima, foi humanizada.

Mesmo assim, a todo instante sua cabeça gira sobre o pescoço e seus olhos varrem todas as fisionomias do salão.

Florinda já havia esgotado todos os argumentos para não sair de casa e veio com a história de que não queria mais encontrar o canalha. Breno então jurou: Nem convidado o Nicanor vai ser.

Entre os filhos de Florinda não se usava mais a palavra pai. Qualquer referência àquele que fora o marido dela era feita em seu nome, como se um estranho, um homem como qualquer outro, sem vínculo nenhum com eles.

Com a chegada do sanfoneiro e do violonista, Zuleide se excita, pois se trata da primeira vez em que ouvirá música de instrumentos assim, a menos de vinte metros. Das músicas, o que ela lembra, são as cantorias nas encostas dos morros, geralmente a duas vozes e sempre vindas de longe. Mas ela tem notícias de outras modalidades de música, por isso aperta ainda mais o braço da mãe, com medo de que alguma vertigem, de repente, a carregue para fora dali, para algum lugar de onde não poderá ouvir nada. Nem a sanfona, tampouco o violão. Sua emoção é tão grande que mal consegue segurar a urina, de que algumas gotas umedecem sua calcinha.

Quando chegou com o convite ao morro do Caipora, Breno vinha preparado para a resistência, pois conhecia muito bem a mãe. Como ele havia imaginado, na primeira recusa ela diria que não tinha roupa que pudesse usar em uma festa. Nem ela nem Zuleide. Que as duas, no serviço diário naquele isolamento, usavam toda roupa que tinham. E só tinham aqueles panos encardidos ou remendados. Não iriam ao casamento para não fazerem vergonha para Modesto.

– Sei muito bem o que é uma festa, meu filho. Não pense que vivi sempre na miséria a que cheguei.

Breno então abriu a mala e tirou primeiro um vestido de seda, com ramos e flores vermelhas em fundo verde. Florinda, paralisada, não sabia o que dizer. Em seguida, retirou um par de sapatos e pediu que a mãe experimentasse. Mas e a coitada da Zuleide, ficaria sozinha no morro? Breno sorriu vitorioso. Para a irmã também havia vestido e sapato. Para não ceder tão facilmente, Florinda começou a se queixar que não tinha como deixar os animais abandonados.

– Água e comida, mãe. Eles não precisam mais do que isso. Água e comida eles têm ali na primeira chapada. As galinhas se arranjam com as minhocas e insetos em volta da casa, e o Sultão, mesmo caindo de velho, ainda sabe se cuidar sozinho.

A falta de dinheiro nem chegou a ser proposta como empecilho, porque Breno se antecipou e disse que viria buscar as duas.

– Tudo por minha conta, entenderam?

A música convoca alguns pares para o meio da sala, não parece um príncipe, mãe, o noivo com sua indumentária, e os pares começam a dançar, por isso Zuleide entra em pânico, pois se algum dos rapazes a convida para alguma dança, o que poderá dizer? Que não sabe dançar, sua boba. Mas Zuleide não descansa enquanto não consegue fugir para a cozinha, onde há menos gente, e onde umas poucas mulheres estão trabalhando.

Zuleide se oferece para ajudar, mas é recusada sua oferta.

– Pois tu não é irmã do noivo? – uma das mulheres pergunta.

A menina enrubesce, não sabe o que responder e, por fim, muito embaraçada ela confessa que não sabe dançar.

– Só tem uma solução – afirma rindo outra mulher – volta pra sala e aprende.

A menina avista uma cadeira, longe do fogão, e sente-se confortável, um pouco segura, por isso não aceita a sugestão de voltar à sala. As três mulheres que se ocupam do fogão e da pia, fazem perguntas à irmã do noivo, quantos anos, quantos namorados, quantos quilômetros, quantos irmãos e muitos outros quantos. A todas as perguntas a menina dá respostas que dissipam sua timidez inicial, porque agora conversa com pessoas que falam como ela, que se ocupam de assuntos conhecidos e sorriem com muita simpatia.

Algum tempo depois, chega a mãe, te procurando, minha filha. Declara que já dançou duas valsas e um xote e que por isso está com as pernas trêmulas.

– Falta de hábito.

Isso mesmo, falta de hábito, e Florinda arrasta uma cadeira até a beira da filha. Apesar das roupas das duas, que não servem para causar vergonha, elas se sentem muito melhor na cozinha, onde aquelas três mulheres não param de trabalhar e de falar. E como falam!

Uma delas pergunta a Florinda o que ela acha do novo governo, com os militares no poder.

– Não sei, não.

E a frase ambígua que pode passar por uma declaração de desconfiança, na verdade é a expressão da verdade.

– A gente, encarapitada naquele morro, não fica sabendo o que acontece no resto do país.

Sua explicação é convincente, por isso a mulher que fizera a pergunta desanda a explicar os últimos acontecimentos políticos, e comenta os perigos que se escondem em cada esquina. Seu marido, membro da diretoria do sindicato dos trabalhadores do frigorífico, só por isso, já foi intimado a depor na delegacia, onde havia acusações contra ele, mas acusações que ninguém sabe o que eram. E os jipes correndo para todos os lados, lotados de soldados com metralhadoras e fuzis, e a quantidade de pessoas que estão presas, que um professor de sua filha, o presidente do sindicato, e uma porção de outras pessoas conhecidas.

Mãe e filha se grudam ainda mais uma na outra, pois de nada daquilo elas tinham notícia. Que o pai da Raquel, o sogro de seu filho, andava sendo rondado e espionado por secretas. Um homem bom como ele! Funcionário do frigorífico há mais de quarenta anos sem nunca ter recebido uma advertência, sem jamais ter faltado ao serviço, um homem trabalhador, preocupado com a situação dos colegas, solidário sempre, e agora vejam só, desconfiança da delegacia pra cima dele.

Ouvindo isso, Florinda estremece de medo, pois participa de uma festa em uma casa que está sob vigilância. Ela continua atenta à conversa, que, entretanto, muda de rumo: os bens de cada família – os econômicos e os esbanjadores. E as línguas, sem obstáculo, lambem um rol imenso de conhecidos, que nada dizem a Florinda.

Breno aparece na cozinha reclamando da mãe e da irmã, que onde já se viu, as duas fugindo da festa. E tanto insiste que elas concordam em voltar para a sala. Os músicos estão descansando, cada um com um copo de cerveja na mão.

Súbito, uma pancada como coice inesperado, no peito, Florinda se lembra das conversas ouvidas na cozinha e sente um gosto de salmoura na boca, um líquido grosso que desce devagar para os lados do estômago, que é o medo materializado. Então vai até a porta da frente, e lá parada feito pedra procura algum dos filhos com olhares rápidos varrendo a sala cheia de gente. Antes de encontrar Breno no meio daquele movimento, é ele quem vem ver o que acontece com a mãe.

Ela pergunta por Modesto e sente-se agitada e ansiosa porque o filho está dançando com a esposa. Interrompê-los não presta, pode dar azar. Mesmo assim, como ela tem pressa, pede a Breno que vá chamá-lo, e o filho diz que não pode ser antes do fim da música.

Finalmente tem os dois filhos à mão e os leva puxados para o quintal. Faz mistério, leva-os para baixo de uma árvore, lugar em que não poderá ser ouvida por ninguém. Quer uma conversa com os dois. Só com eles. Então, debaixo do cinamomo ao lado da casa, ela conta tudo o que tinha acabado de ouvir na cozinha e admoesta os filhos a não se meterem nestas encrencas de governo.

Ela segura com firmeza a manga do paletó dos dois e fala olhando ora para um ora para o outro.

– Lá no morro, meninos, lá sou eu que faço as leis, mas aqui na cidade, a gente não sabe como funcionam as coisas, não se sabe onde é que se escondem os perigos.

Os dois prometem tomar cuidado, mais para apaziguar a mãe do que por preocupação real com o que está acontecendo no país, pois sabem de suas insignificâncias para o poder do momento.

Com muita dificuldade os dois irmãos convencem a mãe a voltar para o morro apenas no domingo à tarde. Quando ela vê passar um caminhão com soldados armados, ela esconde o rosto, se encolhe, tenta se esconder. Zuleide, por fim, reclama.

– Mas mãe, a senhora não fez nada de errado.

– Pois é, mas eles podem pensar que fiz, E daí!

Florinda só se sente aliviada um pouco antes do Angico, dentro de uma paisagem em que pontes, árvores e pedras lhe são familiares. Então seu coração acelera alegre, e ela sorri um sorriso de felicidade que só vai desmanchar ao descerem na frente da igreja e entrarem na ponte de arame. Embaixo, o rio dos Sinos com a água barrenta das últimas chuvas.

O SOL está quase vermelho no seu calor máximo, e as duas com chapéus de palha, abas muito largas, saem do paiol com braçadas de pés secos de feijão, que deixam sobre a lona estendida na eira, entre o poço e a horta. Tinha sido um serviço muito sacrificado para Zuleide, no dia anterior, ajudando a mãe a terminar de arrancar o feijão depois transportar tudo aquilo embrulhado na lona, com os braços arranhados e a cabeça suja de terra, o suor molhando o corpo todo.

– Só nós duas neste morro, Zuleide, e é daqui que tiramos o nosso sustento. Desta terra ingrata e sovina é que temos de viver.

A filha se queixava, que não tinha força, que não tinha jeito, que não tinha vontade e a mãe continuava insistindo.

– Ainda mais agora, minha filha, que o Modesto não pode mais mandar ajuda nenhuma por causa do filho recém-nascido, ele avisou. Tu tem de me ajudar mais, que sozinha não dou conta.

Feita a montanha fofa dos pés secos de feijão, chega a hora de bater. Assim, ó, a mão esquerda pra trás, a direita à frente. Não, desse jeito tu bate é na tua cabeça, guria. E então mostra o movimento circular. E o mangual caindo pesado sobre a palha com raízes, as folhas secas e as vagens estufadas, gordas de feijão. Ensina a alternância dos golpes para que os manguais não se choquem. Assim, tá melhorando.

Até o meio da tarde, um pouco mais, as duas batem o feijão. Então juntam a palha maior, a palha esmigalhada, fazendo com ela um monte ao lado, e Florinda, então, começa a peneirar o feijão, que sobe, vai alto, e cai novamente na peneira, enquanto o vento afasta o cisco que ainda está misturado. Sentada numa pedra, Zuleide observa os movimentos da mãe. Agora terá de aprender tudo o que se faz para sobreviver em um morro coberto de mato e infestado pelos rebanhos infindáveis de pedras. Três semanas atrás, Sultão estaria por ali, abanando o rabo, contente com a companhia das duas. Não resistiu a alguma doença que as duas desconheciam. Deitou com os quartos entrevados e não levantou mais. Florinda decretou: foi morcego. A filha ainda procurou os dois furinhos com sangue coagulado, mas não encontrou, porque era um corpo bem defunto, todo ele retesado, e ela sentiu um pouco de nojo.

Na hora de jogar o feijão da peneira para os sacos, Zuleide levanta-se e vai ajudar a mãe. Trabalho mais leve, este, ficar segurando a boca do saco. A cabra, novamente com dois cabritinhos, desce pela trilha do alto e vem cheirar a palha amontoada. Ela fareja, dá umas mordidas sem vontade, então se põe a comer aquela coisa áspera e seca. Seus filhos a imitam.

Florinda senta ao lado da filha para descansar os braços, os dois, com que maneja a peneira. Está muito suada. Sugere a Zuleide que peneire também um pouco, pode ser com pouco feijão, só para aprender. Ela, a filha, resmunga, sem vontade de trabalhar, então a mãe explica que no dia seguinte Marcelo, o herdeiro do armazém de Fulgêncio, está combinado para vir buscar o feijão e o que mais elas tenham para vender. E a novidade: vai trazer um cachorro de quatro meses, pés de leão, que conseguiu lá com o Protásio, todo preto com as quatro patas brancas, lindo, muito lindo no dizer de Marcelo.

Zuleide levanta-se devagar, caminha até o meio da lona e pega a peneira, onde bota um quilo de feijão. Os primeiros lances esparramam feijão pela lona, mas vai imitando os movimentos da mãe e finalmente consegue sua primeira peneirada. As duas dão risadas com gosto, e a filha se entusiasma para continuar.

Já está escurecendo quando elas conseguem transportar os sacos de feijão para o paiol. Estão moídas de cansaço.

ESTÁ perto do meio-dia, mas ainda há geada em áreas de sombra e o sol não consegue aquecer uma aragem aguda que resseca os lábios e endurece as orelhas. Florinda chega da várzea, solta o cavalo no pasto e, arreios às costas, sobe a ladeira que leva ao patamar onde tem sua casa. Desvencilha-se de parte da carga no galpão, os apetrechos de montaria, e sobe os degraus da cozinha com as duas sacolas nas mãos.

A filha está com a cabeça deitada sobre os braços que se entrecruzam na tampa da mesa, inermes. E chora. O almoço, que já deveria estar pronto nem foi começado. A recém-chegada joga as duas sacolas assustadas sobre a mesa e pergunta o que é que foi, o que está acontecendo e insistente pergunta sem resposta. Por fim, ergue a cabeça pelos cabelos e pergunta em cima da cara que aparece, com seus olhos molhados. E a filha então responde que nada, que não foi nada, só uma tristeza, não, uma tristeza por qualquer bobagem. E a mãe insiste ainda, quer saber que bobagem é essa, a mãe um tanto desesperada, pois que são apenas as duas a trocarem vivências durante as horas e os dias, a conviverem a eternidade dos anos. Que não, não sabe qual, mas é por alguma bobagem que nem sabe qual seja.

Esquentar o feijão, cozinhar o arroz, pegar alguma verdura e um tanto de legumes na horta, um pedaço de linguiça defumada no varal sobre o fogão. Anda, menina, me ajuda, pelo menos.

Então, durante o almoço, para pegar um desvio nos assuntos, as novidades da várzea. Que o ex-presidente morreu num desastre de avião. No rádio do seu Eugênio. Seu Eugênio não existia mais, a venda agora com um dos filhos, mas continuava sendo a venda do seu Eugênio. Notícia dada pelo rádio. O avião dele tinha caído. O assunto, entretanto, não moveu músculo nenhum do rosto de Zuleide. Mastigam algum tempo em silêncio. Sim, tudo muito caro. Principalmente agora, aquela sensação de que tudo muito caro, porque com esse dinheiro que chamavam "cruzeiro novo", não conseguia fazer as contas direito, ela que tinha a cabeça tão boa para as contas. Mas um agora vale mil, ou mil que vale só um, e fica parecendo que eles estão roubando a gente, não acha?

– E a morte desse homem, mãe, muda alguma coisa na nossa vida?

Florinda termina de mastigar para dar liberdade a uma gargalhada. Uma gargalhada robusta.

– Menina, nós não temos nada a ver com essa gente. O morro é o meu país. E aqui quem manda sou eu.

Zuleide junta restos de comida em uma panela e desce para o quintal onde Duque, ao lado do cocho, espera sua refeição. Essa menina tem coisas que não me conta, pensa Florinda. Faz alguns dias já que anda muito quieta, a tristeza desenhada no rosto, e agora diz que não tem nada. Ela se esconde por trás de algum mistério? Mas que mistério pode ter um vivente como ela, que nunca sai de casa, que raramente desce à várzea, que não conversa com ninguém?

A filha chega de volta e expulsa a mãe da cozinha. Está um pouco mais alegre, um rosto menos turvo.

– Pode ir saindo, que a louça e as panelas são assuntos meus.

À porta, antes de descer os degraus, a mãe comenta alguma coisa das mamonas. Que este ano vão ter uma colheita muito boa. Os cachos estão grandes e os galhos chegam a entortar pendentes de tão pesados que estão. Os pés se alastraram por todos os espaços que foram abandonados por falta de braços para o cultivo de alguma coisa melhor.

– Pena que não pegue um preço muito bom.

Descendo para a roça de mandioca e aipim, que precisa limpar para o plantio de umas fileiras de feijão, as botinas secas de Florinda esmagam torrões de terra com ruído que entra em seu pensamento. Conheço muito pouco desta minha filha, porque a gente quase não se fala, mas, enfim, falar o quê se tudo que se faz é meio automático, pois não se consegue pensar em outra coisa que não seja a sobrevivência? Então, lembra-se de que aquele ar tristonho, aqueles silêncios sem fim, tudo aquilo em Zuleide não é recente. Antes, porém, ela via, apenas, porque tinha os olhos abertos. Via sem olhar, sem reparar nas mudanças que vinham aparecendo. Chegou a pensar, em uma das poucas vezes em que Zuleide entrou em suas cogitações, que eram mudanças de moça, resultado das regras, com certeza. Mas chegar ao ponto de ficar chorando com a cabeça apoiada nos braços sobre a mesa, quando deveria estar fazendo o almoço, isso sim, isso já é um caso que exige alguma preocupação. É preciso ficar atenta.

Já é a terceira ou quarta vez que Florinda surpreende a filha desmanchando-se em lágrimas. E como das vezes anteriores, não é nada, alguma coisa à toa, que é uma tristeza por alguma bobagem. Sem dizer nada, brusca, a mãe toma a mão da filha e puxa como se quisesse arrebentar-lhe o braço. Zuleide, com o tranco, levanta e troca os pés para não ser arrastada. A direção que as duas tomam é a do galpão e a menina sente as pernas amolecerem, os braços dormentes. Ela imagina.

Empurrada para cima de um monte de palha, onde cai sentada, a mãe ruge enquanto retira do alto de um caibro um pacotinho de papel. O choro da filha é intensificado até os gritos molhados de lágrimas.

– O que significa isto aqui?

Zuleide não responde.

– Vamos, fale antes que eu te arrebente a cabeça com este machado.

Com muito esforço. Zuleide consegue mentir.

– É veneno pra formiga.

– Que tipo de veneno, guria?

– Arsênico.

Florinda abre o pequeno embrulho em cima de um tonel. Um pó branco e fino, com jeito de inofensivo. Mas quantidade suficiente para destruir muitos formigueiros.

– Arsênico, Zuleide?!

A filha não consegue responder.

– E por que você comprou isso? Vamos, responde. E escondeu de mim, vamos, para de chorar senão te arrebento os miolos, entendeu?

Zuleide ergue a barra do vestido para enxugar o rosto. Acuada, o segredo descoberto, ela não tem mais por que continuar chorando.

– Mãe, vamos embora deste lugar. Não aguento mais ficar socada neste morro, sem ver gente, sem nada aqui que me alegre, sem futuro nenhum, mãe.

Ela funga e silencia. Parte do que deveria dizer está dito. No silêncio que segue, só se ouvem os suspiros da moça.

– Tu sabe muito bem que daqui só saio morta.

A filha desanda novamente a chorar.

– E este veneno, minha filha, o que significa isso?

Então Zuleide confessa o restante. Que não conseguia imaginar-se fugindo do morro, deixando a mãe sozinha. Nunca mais na vida teria sossego. A única possibilidade de fugir em paz seria a morte. Pensava nisso todos os dias e escondia-se para chorar porque não encontrava coragem para ingerir o veneno. Que às vezes até chegava ao galpão com uma caneca com um pouco de água, mas na hora sua mão tremia e deixava para o dia seguinte a solução definitiva. Mas continuava com muita vontade de morrer.

Florinda está pálida, os lábios roxos, e os olhos meio parados, agudos. Fecha novamente o pacote com o veneno e fechado deixa-o sobre o tonel. Vai com passo lento na direção da filha pisando por cima da palha. Na frente da menina ela ordena que se levante.

– E agora me escute muito bem. Tu vai hoje mesmo pegar tudo que é teu. Pode usar aquela mala velha que está no meu quarto. Junta tudo. Não deixa nada pra trás. Amanhã de manhã, tu some daqui muito cedo pra não perder o ônibus. E desapareça. Não quero mais te ver aqui no morro, entendeu? Ou tu vai embora atrás dos teus irmãos, ou quem te mata aqui em cima sou eu. Vamos, anda logo pra te arrumar. Eu te dou o dinheiro da passagem, que é só o que tenho, e depois tu te vira. Mas não quero receber nem notícias de ti.

Zuleide começa novamente a chorar e pula no pescoço da mãe.

– Não, mãe, assim não. A senhora quer ficar minha inimiga. Assim não vou ter coragem de viajar. Então prefiro que a senhora me mate.

E forçando a cabeça da mãe, ela beija repetidas vezes seu rosto, que umedece com suas lágrimas.

– Assim não, mãe. Não vou ter coragem.

Florinda, que há muito tinha jurado nunca mais chorar, acaba sentindo lágrimas que subiam espremidas de seu coração de pedra. Finalmente ela beija o rosto da filha e pede perdão pela dureza das palavras.

E com um último beijo desprende o corpo da filha que em choro descontrolado se afasta.

DURANTE o dia, umas poucas vezes lhe veio à mente a filha descendo a ladeira, a filha pelas costas, mala em uma das mãos e o saco estufado na outra, um saco branco, muito limpo. Mas aquilo não passava de imagem, imagem que não se firmava em ideia. Uma imagem estéril e estática, esfumada como foto antiga. E foram poucas as vezes, porque agora, passava-lhe pela mente com frequência, agora o trabalho é dobrado. E o dia ficou bem mais curto, apesar de seu esforço para dar conta do que considerava essencial fazer. Concentrada no que fazia, a filha se desmanchava descendo a ladeira.

A última coisa que Florinda faz antes de sentar-se para jantar é fechar a janela, mantendo as sombras que vêm caindo do lado de fora. Então se serve de uma fatia de polenta e uma caneca de leite. Em seguida carrega o olhar que circula pela cozinha para cima da mesa e pensa pela primeira vez, Agora estou sozinha.

Não que Zuleide fosse pessoa de grande serventia em casos de perigo, como um ataque de fera, um voo rasante de coruja, e outras qualidades de perigos que habitam as sombras da noite. Não era. Até que bem medrosa, a menina. Mas sua ausência, a esta hora em que é preciso fechar a porta e a janela, parece a Florinda ter deixado um flanco sem defesa.

Por pouco que a menina ajudasse, eram ouvidos para ouvir a fala, e era uma língua capaz de responder. Nem isso, agora. E em silêncio, sua mente repete as palavras, Agora estou sozinha. E suspira sem amolecer os músculos do rosto, tampouco do coração.

Morde um pedaço de polenta e toma um gole de leite.

E assim dá início à sua primeira refeição solitária.

Tem um remendo a ser feito em um velho vestido sem cor definida, mas ela o joga sobre uma cadeira, não com desprezo, senão com um início de desânimo, e pensa que agora terá o tempo todo para usar como tiver vontade. Se come ou não come, se toma ou não toma banho, se canta ou se chora, se fala com seus animais, se dorme ou fica acordada, só a si mesma deve prestar conta. Tão sozinha, ela pensa, que chega a ser livre.

Com as mãos de dedos cruzados descansando em seu regaço, ela aguça o ouvido à espera. De quê? Não é preciso saber. Mas vem um momento em que o silêncio é tão grande que chega a ouvir os próprios pensamentos. Pensamentos de sombras, alguns, entreverados com outros cheios de sol. Não procura deter-se em nenhum deles. Por isso Florinda suspira. Olha em volta, luz e sombras que se alternam. Na parede a seu lado, pendurada a espingarda. De agora em diante, decide, precisa mantê-la sempre por perto.

Para seu espanto, lembra-se do pai, ativo, senhor do destino, senhor de seu território, protetor. Chega a sentir saudade, uma saudade aguda, de confranger-lhe o peito, nem assim o seco e duro coração concebe uma única lágrima. Os irmãos passam-lhe pela mente, relampejantes, para se confundirem a outras sombras de menor importância.

Agora não conta mais com ninguém, nem com os próprios filhos, que foram cuidar de suas vidas. Agora é viver, e viver é manter a propriedade produzindo o pouco para seu sustento, é cuidar do que resta de animais, é ocupar-se das pequenas coisas em que pode gastar seu tempo. Viver, agora, é apenas mover-se dentro do tempo.

Cada coisa em seu lugar, as coisas poucas de que precisa para o cumprimento da vida, Florinda foge do vento forte e frio que chega do sul para castigar o morro, encerrando-se dentro de casa. Do interior da voz chiada e em ondas que chega do lado de fora, ela vê cenas de outros anos, que vão ficando distantes, quando ela e os filhos corriam para dentro de casa, fazendo barulho com suas risadas e gritos, batendo a porta da cozinha para deixarem o vento e o frio lá fora. O dia recém começa a agonizar, uns restos de sol despencando por cima das árvores do morro, mesmo assim a mulher diminui sua soledade acendendo o lampião para afugentar a noite.

É preciso preparar alguma coisa para comer, e Florinda abre as duas folhas da porta do armário e enfia o nariz à procura das vasilhas e dos mantimentos. De dentro vem um cheiro forte e bom de coisas de comer.

Neste momento, ela ouve o primeiro latido de Duque. Um anúncio. Então segue-se uma pausa mais ou menos longa ocupada apenas pelo chiado do vento.

Nos dias vazios, de Florinda, em que ocupava corpo e mente na manutenção de sua existência, pouco pensava nos parentes, nem próximos tampouco os distantes. Mas à noite seu sossego era prejudicado pelo que não se controla, o insopitável. Sonhava com o pai e os irmãos raramente e acordava agitada, com o medo nos olhos abertos que buscavam inutilmente qualquer coisa do espaço que a trouxesse de volta ao quarto. Seu quarto. Sonhava com os filhos e eram sonhos de que se lembrava mais tarde com certo prazer. Nos sonhos mais frequentes, entretanto, Ernesto gemia sem parar e ela contorcia-se sob o pesado sentimento de impotência. Algumas vezes, depois desses sonhos obsedantes – o filho em sua agonia –, ela acordava aflita e assim ficava até o dia entrar pelas frestas do telhado.

Uma sequência de vários latidos já com alguma raiva.

Florinda abre a janela.

O vulto que se aproxima agora atravessa a mancha de sombra que o arvoredo projeta sobre o caminho. A mulher, prevenida, estende o braço e tira a espingarda do prego. Alguns passos aquém, o vulto enrola-se com Duque, os dois em festa de velhos conhecidos.

Quem traz as notícias da família é Breno, e para ele é que a porta da cozinha se abre – uma alegria.

– Então, mas então como é que é isso, essa visita sem ninguém esperar?

O filho explica que é fim de semana prolongado, feriado na segunda-feira, e não termina de explicar porque se envolvem abraçados: um diálogo dos corações que se encostam.

DEPOIS de muitos abraços, notícias dadas, Florinda contou que ao ouvir novamente os latidos do Duque, pensou que fosse outra vez o vizinho que veio uns dias antes vender uma cabra recém-parida e acabou contando-lhe a história.

No último outono, meio da tarde, Florinda colhia mamonas quando ouviu os latidos do cachorro, que desceu em disparada pela estrada. Ela sentou sobre uma pedra alta e ficou esperando. Pendurada em um galho da aroeira na orla do mato, a espingarda, em silêncio, estava de prontidão. Melhor coisa do mundo, corria por seu pensamento, seria o aparecimento de um filho, há tanto tempo não aparecia nenhum.

Pela fúria dos latidos, percebeu que se aproximava algum estrangeiro. Espingarda ao ombro, ela desceu, passou por perto de casa, continuou descendo porque Duque impedia a progressão do visitante. E foi assim, espingarda ao ombro, que desceu até a porteira do campinho. Aos poucos foi reconhecendo o filho de um dos vizinhos das muitas casas agora construídas na faixa do lado de cá do rio. Conhecia de cumprimentos. Se a senhora não comprava uma cabra recém-parida. O preço não estava ruim e ela precisando mesmo de leite. Fecharam o negócio, o vizinho foi buscar sua cabrita com o cabritinho e Florinda voltou para suas mamonas.

Passava muito tempo sem ouvir palavra de gente e a visita provocou-lhe lembranças. Sentiu saudade das gargalhadas dos filhos, de suas conversas de crianças.

Sábado o dia inteiro e o domingo também, com a mãe, ajudando nas lides dela, contando como andavam vivendo na cidade, mas principalmente insistindo para que ela abandonasse o morro, esta vida de bicho isolado do mundo.

– Na casa de qualquer um, mãe. A casa da Zuleide tem até um cômodo construído nos fundos esperando pela senhora. O marido dela faz questão de que a senhora vá morar com eles. Repetiu isso pra mim várias vezes. Mas se a senhora preferir, tem a minha casa e a do Modesto. Fica com a gente.

O vento zune ao se cortar nos ângulos da casa. Florinda sorri para o filho.

– E tu, seu danado, não é que me saiu um homem muito do bonito?! Tua mulher deve sentir muito ciúme de ti.

– Não desconversa, mãe. Eu estou propondo tua ida comigo pra cidade.

Os ruídos noturnos, pios e miados, guinchos de bichos em exercício de viver, mal se ouvem, abafados pelo chiado do vento. Debaixo da mesa, uma forma velha de pão está cheia de brasas para o aquecimento dos pés da mãe e do filho. Ela não tem vontade de encarar o assunto, que considera muito cansativo. Como ele insiste, a mãe define.

– Escuta aqui, Breno. Eu, por mim, nunca teria vindo parar nestas alturas. Foi o teu pai que praticamente me obrigou. Lá embaixo, deixei tudo que me representava, tudo que para mim tinha algum valor. Este morro é meu e eu sou deste morro. Quero que meu corpo seja enterrado ali debaixo do angico perto do carreiro. Não saio mais daqui. Já fiz muito o que não queria nesta vida, agora quero o que fiz e ninguém vai me fazer mudar de ideia. Aqui, meu filho, conheço todos os sinais, sei conversar com as plantas e os bichos. Meu corpo já tem raízes, e estão fincadas aqui.

Esta obra foi compostas em Sabon e impressa
em papel pólen soft 80 g/m² para a Editora
Reformatório, em janeiro de 2020.